KB058892

하루사메는 마치 어린 여자애가 보석
파편을 찾은 듯한 눈으로 수조에 얼굴을
들이대고 그 속의 모습에 빠져들었다.

kamiyama san no
Kamibukuro no
naka niha

카미야마의 종이봉투 속에는

"정말……
엄청나게 아름다워……."

Author
에노시마 아비스

Illustration
neropaso

2

"보, 보, 보라고…….
어둠에 기생하는 괴물 채소들……!
나와 이 아짱의 마법으로 다져줄 테니까!"

대화부의 모습을 보던 미쿠모가
내 쪽을 향해 의아한 얼굴로 물었다.

"저기, 코미나토……
평범……?"

"미안해, 미쿠모,
내게 묻지 말아줘."

"큰일이네…….
카미아먀…… 첫 시합이라 긴장했어…….
이대로라면 평소 실력을 발휘하지
못할지도 몰라……."

"네…… 네……
네네네네네네네네넵!"

"아, 카미야마의
가슴을 보고 있지?
코미나토는 음란하다니까."

느닷없는 목소리에 움찔하며 카미야마의
옆으로 시선을 보내자 교복 차림의 미쿠모가
짓궂은 미소를 지으며 내 시선 끝을 눈으로
좇고 있었다.

"아, 아니, 아니야……!
결단코 아니라고!"

kamiyama san no
amibukuro no
naka niha

가미야마의

2

Author
에노시마 아비스

Illustration
neropaso

커버 그림, 본문 일러스트 | neropaso

kamiyama san no
Kamibukuro no
naka niha

목차 **2**

나는 첫 경험이라 어떻게 하면 좋을지 몰라서 아는 사람이 있으면 알려줬으면 좋겠는데…… 여자애의 집에 갈 때 어떤 옷을 입고 어떤 물건을 가져가면 좋을까?

평소와 같은 모습을 하고 선물로는 그 애가 좋아할 법한 달콤한 음식?

그래…… 평소라면 그럴지도 모르지.

내가 난감한 건, 그 여자애의 집에 갈 때는 몇 가지 조건이 있다는 점이다. 그 조건이 무엇인가 하면.

조건 1 그녀의 고민을 해소해야 한다.

여자애는 지금 무언가를 매우 고민 중이며 나는 그녀의 고민을 해소하고 싶다. 그것은 그 여자애를 위해서이기도 하고 나를 위해서이기도 하다.

다음으로 두 번째 조건 말인데.

조건 2 시각은 심야여야 한다.

한겨울의 심야. 거리도 잠이 들어 고요해진 밤.

나는 여자애의 집 앞에서 차가운 겨울바람을 맞으며 불이 꺼진 그녀의 방을 올려다보고 심호흡을 한 번. 토해낸 숨결이 하얀 덩어리가 되어 어두운 밤하늘로 올라간다.

그리고…… 마지막 조건.

조건 3 아무에게도 들켜서는 안 된다.

내가 이제부터 할 일은 절대로 알려져선 안 되고, 절대로 들켜서는 안 된다. 방에서 쿨쿨 자는 여자애 본인에게 만은 절대로.

불이 꺼진 집 안.

캄캄한 복도를 빠져나가 계단을 오른 뒤 그 아이의 방으로.

소리를 내지 않도록 조용히 문을 열고 방으로 들어가자 그 아이의 냄새와 겨울의 차가운 공기가 뒤섞인 달콤한 냄새가 난다.

긴장하는 바람에 목이 칼칼해서 무심결에 침을 삼켰다.

나는 지금부터 여기서——.

……그럴 때, 나는 어떤 옷을 입고 어떤 물건을 가져가면 좋을까?

이것은 우리 대화부의 가을의 문턱부터 크리스마스에 걸친 이야기이자 나의 평온하고 평범하며 통상적인 일상 생활의 이야기다.

그것을 이제부터 천천히 이야기하려 한다.

하루사메와 외출

kamiyama san no
Kamibukuro no
naka niha

■ 코미나토 나미토는 실패한다

높은 가을 하늘.

9월도 중반에 접어들어 더위도 제법 물러간 방과 후의 교실에서는 클래스메이트들이 이야기에 꽃을 피우고 있었다. ……아니, 좀 다르군.

메이트는 친구라는 뜻이 아니다.

거의 교류가 없는 그들을 친구라고 말해도 될지 고민되지만, 슬퍼지니 지금은 생각하지 말자.

……아무튼. 클래스메이트들이 대화에 꽃을 피우고 있었다.

이제부터 클럽활동을 하러 가려는 무리와 가방을 어깨에 메고 방과 후의 계획을 상의하는 무리. 딱히 용건도 없는데 교실에 남아 청춘이 넘실대는 영양가 없는 이야기로 꽃을 피우는 무리.

그런 교실에서 나는 홀로 내 자리에 앉아 창밖을 바라보며 어느 결심을 하고 있었다.

오늘은—— 클럽활동을 농땡이 치자!

창밖에는 참으로 맑고 푸른 하늘. 가을의 시작을 알리는 바람이 교실에 불어와 하얀 커튼을 살며시 흔들었다. 부드러운 햇살과 따뜻한 날씨.

덥지도 춥지도 않은 평화롭고 평온하고 고요한…… 그렇게 최고인 가을날의 방과 후였다.

이토록 최고의 하루에 클럽활동 따위를 해서는 아깝지!

안 그래도 매일매일 클럽활동에 열중했다……. 가끔은 괜찮겠지……. 가끔은…….

이대로 곧장 집으로 돌아가 옛날 드라마 재방송이라도 멍하니 보며 침대에 누워 딱히 목적도 없이 스마트폰을 만지작거린다……. 그런 최고로 평범하고 평온하며 아무 일도 없이 편안한 시간을 만끽할까 하는 달콤한 유혹에 사로잡혔다.

좋았어……. 결심했다! 나는 결심했다고! 오늘은 집에 가자!

그런 결심을 가슴에 숨기고 기세 좋게 일어나려는데 내 뺨에 물 한 방울이 뚝.

창밖은 아주 맑은 가을 하늘. 가을의 시작을 알리는 바람이 교실에 불어와 하얀 커튼을 살며시 흔들었다. 부드러운 햇살과 따뜻한 날씨.

덥지도 춥지도 않은 평화롭고 평온하고 고요한. 그렇게 최고인 가을날에 비는 한 방울도 내리지 않았다. 그렇다면 이 물방울은 뭐지?

전혀 모르겠다. 모르는 걸로 해두자. ……그럴 수 있다면 얼마나 좋았을까……?

나는 이 물방울의 정체를 알고 있다.

단념하고 얼굴을 들자 그곳에는 종이봉투가 있었다. 아무런 특색도 없는 민무늬 갈색 종이봉투가 내 눈앞에 있……아니, 숨 쉬었다.

민무늬 종이봉투는 내 앞자리에 앉은 여자의 머리에 장착되어 있었다. 그녀는 갈색 종이봉투를 머리에 폭 뒤집어썼다. 얼굴의 정면 부분에는 찢은 듯한 두 개의 구멍이 뚫려서 그곳으로 시야를 확보하는 모양이다.

긴장했는지 몸이 단단히 굳은 채 내 쪽을 향하더니 일어섰다. 그것에 맞추어 나도 일어나 그녀 쪽을 향했다.

다시 그녀를 올려다보자…… 크다…….

키는 나보다 머리 하나 정도 크고 가슴도, 그리고 엉덩이도 무지막지하게 크다. 그라비아 아이돌의 키와 가슴과 엉덩이만을 억지로 확대 복사한 듯한 키와 몸집의 여자가 머리에 종이봉투를 뒤집어쓰고 내 앞에서 나를 향해 손을 흔들었다.

그녀의 이상한 점은 그뿐만이 아니었다.

온몸이 흠뻑 젖어 있었다.

교복 상의도 치마도. 양말과 머리에 뒤집어쓴 종이봉투까지도 흠뻑 젖은 상태였다.

그녀는 얼굴을…… 아니, 종이봉투를 이쪽으로 향하고

어색하게 손을 흔들었다.

"코…… 코…… 코미나토……! 오늘도 클럽활동…… 히히히히히힘내자……!"

아까 나의 뺨에 묻은 물방울은 종이봉투에서 날아온 그녀의 땀이었다.

내 눈높이 정도에 있는 그녀의 커다란 가슴이 출렁 흔들리며 종이봉투가 부스럭 소리를 냈다. 종이봉투 끝에서 삐져나온 검은 머리카락(당연히 머리카락도 젖어 있다)의 끝에 물방울이 맺혀 이따금 바닥에 뚝 떨어져서는 나무 바닥색을 짙게 물들였다.

그녀의 이름은 카미야마 사미다레.

부끄러움과 과거에 이런저런 일이 있었기에 오늘도 씩씩하게 종이봉투를 뒤집어쓴 채 생활하고 있다.

말도 못 하게 부끄러움이 많아서 긴장하면 늘 땀을 흘려 온몸이 흠뻑 젖는다.

그리고…… 나와 마찬가지로 대화부에 소속된 부원이다.

대화부란 평범하게 말하자면 대화 연습을 통해 의사소통 능력을 기르는 클럽활동이다……. 적어도 표면적으로는. 진짜 목적은 따로 있지만…… 지금은 그보다 중요한 것이 있다!

"아…… 아아, 그렇……지. 그, 그러고 보니 다른 애들은 벌써 부실에 갔을까……? 아하하……."

아까 가슴에 품었던 결심을 들키지 않도록 애매한 미소를 지으며 필사적으로 계략을 세웠다.

다른 부원이 먼저 갔다면 카미야마를 먼저 보내고 그 틈에 학교에서 집으로 갈 수도 있을지 모른다.

나는 그 자리에서 교실을 둘러보았다.

그러자 이쪽을 향해 걸어오는 한 여학생의 모습이 시야에 들어왔다. 그 여학생은 방긋방긋 미소 짓는 정통파 미소녀였다.

검은 머리카락을 곧게 기르고 방긋방긋 웃는 미소가 인상적인 여자애가 우리 쪽으로 다가왔다.

"수업받느라 고생했어, 코미나토, 카미야마."

대화부의 또 다른 부원이자 같은 반 여학생인 아라이 히나타였다.

마냥 올곧고 귀여운 미소녀인 아라이. 늘 방긋방긋 웃으며 학급에서도 중심에 있는 일이 많은 그녀는 1학기에 반장 추천을 받을 만한 녀석이라고 생각은 했지만, 여차여차한 사이에 추천이 모여 순식간에 정말 반장이 된, 그야말로 생긴 대로 노는 여자다.

미소녀이기는 하지만 미인 특유의 차가운 느낌은 없고 늘 방긋방긋 웃는 미소가 멋진 여자애였다.

하지만 나는 알고 있다……. 아라이가 조금…… 아니, 상당히 이상하다는 것을. 어떻게 이상한지는 이제부터 알지도 모르고 알 수 없을지도 모른다. 알 수 없는 게 더 행복할 것이다.

나는 방긋방긋 웃는 아라이에게 어색하게 한 손을 들었다.

"오…… 아라이도 지금 가는구나……. 그렇구나……."

멋진 가을날을 만끽하려는 꿈은 덧없도다.

하지만 정말로 여기서 포기해도 될까?

내 안의 아직 괜찮은 내가 대답했다

『괜찮을 리가 없잖아?』

의욕을 되찾은 나는 카미야마와 아라이, 이 두 사람을 떨치고 집으로 돌아갈 방법을 모색하다가 생각했다.

배가 좀 아프니 오늘은 그만 집에 가고 싶다……고 말하면 마음 착한 두 사람은 분명 순순히 보내줄 게 틀림없다.

——이거다!

"저…… 저기……. 실은 나…… 오늘은 배가 좀……."

거기까지 말했는데 이번에는 교실 문이 콰~앙! 하고 큰 소리를 내며 열렸다.

문 너머에서 여자애의 커다란 목소리가 들렸다.

"아짱, 오늘도 같이 클럽활동 하러 가자! 그, 그, 그리고 카미야마나 아라이도 불러서 다 함께——."

교실 안에 남아 있던 학생들이 일제히 문 쪽을 보았다.

모두의 시선 끝에 기세 좋게 열어젖힌 문에서 요란한 대화와 함께 나타난 두 명의 그림자. 그중 한 명은—— 마법 소녀였다.

심야에 방영되는 마법 소녀물 애니메이션 속 주인공의 옷을 입고 눈이 반짝반짝 빛나며 피부가 새하얀 2차원이 무색할 정도의 여자였다. 하늘하늘한 치마에 마찬가지로 하늘하늘한 셔츠. 손에는 마법 지팡이를 들고 머리카락은 새빨간 색깔. 마치 2차원의 세계에서 튀어나온 듯한 마법 소녀가 그곳에 있었다.

……아니, 자세히 보지 않아도 2차원이었다.

요란하게 나타난 마법 소녀는 서점 등에 판촉물로 장식하는 등신대 패널이었다. 발밑에는 바퀴가 달려 있고 또한 명의 여학생에게 손이…… 아니, 손 부분을 끌려 데굴데굴 구르며 교실로 들어왔다.

"그래서 아짱. 오늘 클럽활동 말인데, 뭐 하고 싶은 게 있어? 응? 나? 음…… 나는——."

학급 전체의 시선을 독점하며 아짱이라 불린 마법 소녀 패널과 즐겁게 대화하며 교실로 들어온 아담한 여학생.

역시…… 이 녀석도 대화부의 일원이었다.

그녀의 이름은 아마노 하루사메.

아짱 씨라 불린 마법 소녀 등신대 패널을 항상 끌고 다니며 평소에는 패널과만 멀쩡한 대화가 가능하다. 패널과 대화하는 게 멀쩡하냐는 점에 대해서는 지금은 언급하지 않기로 한다.

키는 150cm도 안 될 정도로 아담하고, 잘 정돈된 귀여운 얼굴이다. 연핑크 카디건을 헐렁하게 걸치고 치마는 아라이나 카미야마가 입은 것과 달리 붉은 체크 플리츠 치마였다.

우리 학교는 복장 규정이 느슨해서 개중에는 다른 학교 교복이나 직접 좋아하는 사복을 준비해 입고 통학하는 학생도 있다. 하루사메도 그중 한 명이다.

사복 치마를 보란 듯이 짧게 입고 거기서 나온 가는 다리에는 검은 사이하이 삭스. 머리 양옆으로 뱅그르 묶은 머리카락을 튕기고 마법 소녀 패널과 대화를 펼치며 우리 교실로 들어온 하루사메.

반 친구들은 갑자기 나타난 침입자의 모습에 아연실색하면서도 한 명과 한 장의 동향을 가만히 지켜보았다.

하루사메는 모두의 시선을 한 몸에 받는 것도 개의치 않고 마법 소녀 아짱 씨와 대화하며 이쪽으로 다가왔다.

"왜 그래, 아짱……? 응……? 배가 아프다고? 거봐, 어제 배를 내놓고 잤지? 어쩔 수 없네……. 괜찮아? 클럽활동은 할 수 있을 것 같아……? 그래? 다행이다……. 아, 참! 오늘 클럽활동은 몸이 안 좋을 때 어떻게 보내야 하는지를 이야기하지 않을래? 저기…… 저기…… 카, 카, 카미야마나…… 아, 아, 아라이랑…… 그리고 그 외 한 명과 함께."

하루사메는 그렇게 말하고 뺨을 살짝 붉히며 눈을 흘겨

나를 노려보았다.

그 외 한 명이 누구일까? 나는 결코 아닐 터였다.

"하루사메도 수업받느라 고생했어. 그래, 그런 대화도 대화부 연습이 될지도 모르겠네."

아라이가 말했다.

"그…… 그래……! 나도 배가 차면 몸이 안 좋아지는데…… 좋을지도 모르……겠……어……."

카미야마가 말했다.

세 사람은 미소……와 아마 미소를 짓고 있을 종이봉투로 오늘의 클럽활동을 이야기했다. 문득 카미야마가 내게 종이봉투를 향했다.

"그러고 보니 코미나토…… 아까 무슨 말을 하려고 했지……? 배가 어떻다고…… 했던 것…… 같은데……?"

그랬다.

오늘은 클럽활동 농땡이 계획을 세웠었다!

"아…… 저기, 실은 나도 배가——."

그렇게 말하려는데 하루사메가 아짱 씨 쪽을 향한 채 큰 소리를 냈다.

"뭐야, 쓰레기나토까지 배가 아플 때의 이야기가 하고 싶은 거야? 나 참…… 기껏 좋은 화제를 떠올렸는데 한발 늦었네……. 그래! 이대로 다섯이서 부실에 가면서 이야기를 하면 좋지 않을까?! 아짱도 그렇게 생각하지? 자, 모두 부실로 가자!"

패널까지 인원수에 포함하는 건 좀 그렇지 않냐는 나의 의문을 개의치 않고 다른 두 사람은 고개를 끄덕였다.

하루사메의 호령에 카미야마와 아라이는 함께 복도로 나갔다. 하루사메도 두 사람의 뒤에서 아짱 씨의 손을 잡고 복도로 나갔다.

나는 가을날을 만끽하는 계획의 좌절을 확신하며 부실로 향하기 위해 떨떠름하게 복도로 나갔다.

하지만…… 클럽활동을 열심히 하는 건 분명 헛되지 않을 거라며 나 자신을 납득시켰다.

그녀들 셋을 포함한 대화부의 진짜 목적…… 그것은 대화 연습을 통해 그녀들을 조금이라도 멀쩡하게 만드는 것이며, 평온하고 평범하고 통상적인 학교생활을 보내고 싶다는 나의 소망을 이루는 일이다.

별수 없다……. 평소처럼 적당히 노력해야겠지…….

그녀들을 위해, 그리고 무엇보다 나의 평범한 고교생활을 위해!

……그렇게 생각하고 즐겁게 이야기하는 세 사람의 뒷모습을 보며 복도를 걷는데 내 곁에 하루사메가 살며시 다가왔다.

하루사메는 나와 눈을 맞추지 않도록 얼굴을 힘껏 반대쪽으로 향한 채 이쪽을 보지도 않고 잘도 다가왔다.

뭘 하고 싶은 걸까?

멈추어 설 기색을 살피는데 하루사메는 갑자기 까치발을 하더니 비밀 이야기라도 하듯 내 귓가에 얼굴을 들이댔다.

"그, 그, 그래서 아짱! 오늘…… 크, 크, 클럽활동 말인데, 오늘은 나……."

"비밀 이야기를 할 때만큼은 아짱 씨와 대화하지 마."

"시, 시, 시끄러워! 딱히 상관없잖아……. 저, 저기…… 있잖아, 쓰레기나토……. 그게 말이지……."

하루사메는 까치발을 한 채 내 귀에 살며시 손을 대고 작은 목소리로 속삭였다.

"저, 저, 저기, 다음에…… 같이 가고 싶은 곳이 있는데……. 안 될……까……?"

하루사메는 그렇게 말하고 내 얼굴 바로 앞에서 내 쪽을 보았다.

쑥스러운지 얼굴은 새빨갰다. 자세히 보니 눈동자도 조금 촉촉했다.

부끄러워서 참을 수 없는 하루사메의 얼굴이 내 눈앞에 있었다. 찰랑거리는 앞머리가 흔들리며 내 코끝을 간질였다.

평범하게 있으면 귀엽게 생긴 하루사메가 이렇게도 가까이에 있으니 나는 내심 가슴이 철렁했다.

게다가 이렇게 몰래 말한다는 것은…… 혹시 데이트 신청인가……? 아, 아니, 설마. 하루사메에 한해서는 말도 안 되는 일이다.

순간 하루사메에게 뛰는 가슴을 들키지 않도록 아무렇지 않은 척 대답했다.

"그, 그래……. 딱히 상관없어……."

"잘됐다……. 그, 그, 그럼…… 이번 일요일에 넷이 보자. 너, 너, 너도 꼭 와야 해! 약속 장소는 나중에 스마트폰으로 보낼게……. 그러니까…… 부탁할게……."

뭐야. 당연히 데이트 신청이라도 하는 줄 알았는데 역시그런 일은 없었던 모양이네……라고 이때는 생각했다.

이때의 나는 더 확실히 하루사메가 한 말의 뜻을 생각해야 했다.

무슨 뜻이냐고?

약속 장소에서 나를 기다리고 있던 것…… 그것은 엉덩이였다.

■ 하루사메는 찾고 있다

하루사메와 약속한 일요일.

온종일 침대에서 뒹굴뒹굴 게으름을 피우고 싶은 충동을 억누르고 나는 하루사메가 지정한 역으로 향했다.

『역의 개찰구 바로 밖에서 11시에 만나. 알겠지? 늦거나 도중에 살인마에게 붙잡히면 용서 못 해.』

라고 하루사메가 말했다. 나는 늦지도 않고 살인마에게 붙잡히지도 않았다. 그리고 혹시 몰라 좀비나 텐구도 주의하며 약속 장소로 향했다.

카미야마나 하루사메라면 분명 약속 장소 주위의 사람들을 멀찍이 떨어뜨려 놓았으리라고 쓴웃음을 지으며 그곳으로 향하자 인파가 몰려 있었다.

……이상하다.

본래대로라면, 머리에 종이봉투를 뒤집어쓴 카미야마나 마법 소녀 패널과 시종일관 이야기를 나누는 하루사메에게 면역이 없는 거리의 사람들은 그녀들에게서 거리를 두며 조용히 떠나갈 터였다.

약속 장소 주위만 사람이 없을 것도 예상했지만, 상황은 정반대였다.

약속 장소 부근은 마치 무슨 행사라도 있는 듯 인파로 북적였다.

게다가 자세히 보니 젊은 남자뿐이었다. 이 앞에서 무슨 일이 일어나고 있는 것일까……?

희미하게 불길한 예감을 가슴에 품으며 인파를 헤치고 중심에 다다른 내가 본 것……. 그것은── 엉덩이였다.

그곳에는 땅바닥에 네 발로 엎드려 짧은 치마를 흔들며 자동판매기 밑을 들여다보는 아담한 여자애가 있었다.

가느다란 다리에는 사이하이 삭스.

작은 엉덩이를 이쪽으로 향하고 짧은 치마를 팔랑팔랑 흔들며 엎드린 여자애가 자동판매기 밑에 양손을 넣고 무언가를 찾고 있었다.

그리고 엉덩이를 흔들어대는 여자애의 곁에는 낯익은 마법 소녀 등신대 패널이 있었다.

얼굴을 보지 않아도 알 수 있다.

저 엉덩이는 하루사메다.

저 녀석…… 이런 곳에서 뭐 하는 거야?

하루사메는 수많은 남자가 주목한다고는 전혀 상상도 하지 못하는 모습으로 지금도 작은 엉덩이를 이쪽으로 향하고 좌로 우로 흔들며 무언가를 열심히 찾고 있었다.

나는 황급히 인파의 중심에 있는 하루사메에게 다가갔다.

"……하, 하루사메! 뭐라고 말하면 좋을지 모르겠지만

엄청난 일이 벌어졌어……!"

"잠깐 기다려. 조금만 더……. 어때……? 보여……?"

하지만 나를 알아채지 못했을까, 아니면 상당히 열중한 걸까? 하루사메는 더욱더 자동판매기 밑으로 손을 집어넣었다.

"아니, 너…… 뭐 하는 거야……? 엄청난 일이 벌어졌거든……?"

"……어때? 이 밑에는…… 있을 것 같아……?"

나의 존재를 알아챈 거냐, 만 거냐? 하루사메는 내 쪽을 전혀 보지 않은 채 그렇게 말하더니 더욱더 자동판매기 밑을 더듬었다.

어지간히 중요한 물건이라도 떨어뜨린 걸까?

하지만 이대로 내버려 두면 하루사메의 중요한 무언가가 공공의 면전에 계속해서 드러나게 된다.

나는 군중에게서 하루사메의 무언가를 감추듯 몸의 위치를 바꾼 뒤 엉덩이를 내밀고 치마를 팔랑팔랑 흔드는 하루사메에게 말했다.

"대체 무슨 일이야? 뭘 떨어뜨렸어? 동전이 이 밑으로 들어간 거야?"

"……그게 아니야. 지갑이나 곤경에 빠진 할머니를 찾고 있어……. 미아도 괜찮고……."

지갑은 그렇다 쳐도 곤경에 빠진 할머니? 미아?

무슨 소리인지 전혀 모르겠다.

"음…… 좀처럼 없네……. 어라? 코미나토잖아? 늦었어."

하루사메는 땅바닥에 뺨을 댄 채 그렇게 말하더니 멍한 얼굴로 내 쪽을 보았다.

드디어 내 존재를 알아챘구나.

무슨 말을 하는지 도저히 모르겠지만, 일단 다행이다.

나는 우선 하루사메에게 지금 상황을 가르쳐주기로 했다.

"하루사메, 잔말 말고 뒤를 좀 봐. 그리고 네 엉덩이를 확인해 봐."

"응? 저 사람들은 뭘 하는 거지……? 내 엉덩이……? 그게 뭐…… 꺄아아아아아악!"

하루사메는 거기서 마침내 자신이 어마어마한 자세로 있다는 걸 알아챘는지 황급히 자동판매기 밑에서 양손을 빼고 엎드린 채 자신의 치마를 누르기 시작했다.

"왜, 왜왜왜왜왜 이렇게 된 거야! 뭐야, 뭐냐고!"

"내가 묻고 싶은 말이야! 애초에 지갑이나 할머니라니 무슨…… 아니, 지금은 그런 건 됐으니 얼른 일어나!"

주위에서 하루사메의 엉덩이에 푹 빠졌던 사람들은 목표물인 무언가가 가려지자 삼삼오오 해산했지만, 하루사메의 패닉 상태는 진정되지 않았다.

"아, 아, 알았어……. 일어날게……! 그런데…… 잠깐, 왜, 왜, 왜 설 수가 없지? 어떻게 된 거야!"

그런 건 내가 묻고 싶다. 너 어떻게 된 거야……?

하루사메는 엎드린 자세로 엉덩이를 양손으로 누르고 있으니 좀처럼 일어나지 못했다. 그런데도 필사적으로 서려는 하루사메의 모습은 마치 갓 태어난 사슴 같았다. 야생에서 강하게 살아가렴.

……아니, 그런 생각을 할 때가 아니다.

나는 어깨와 양쪽 무릎을 받침 삼아 뺨을 땅바닥에 댄 채 부끄러움에 얼굴을 새빨갛게 물들이고 바들바들 떠는 하루사메를 도와주었다.

"진정해. 우선은 양손을 엉덩이에서 떼……. 그래……. 잘했어! 그렇게 하는 거야!"

"이……이렇게……? 이러면 돼……?"

하루사메의 양손이 천천히 엉덩이에서 떨어졌다.

"그래, 그러면 돼. 다음은 그대로 손바닥을 땅바닥에 대고——."

나의 유도에 따라 하루사메가 서서히 일어나는 모습을 보며 생각했다.

……내가 지금 뭘 하는 거지?

비틀거리면서도 하루사메가 필사적으로 서려는 모습은 역시 갓 태어난 사슴 같았다. 나는 대자연의 경이로움에 감동하고 오늘 이곳에 온 것을 진심으로 후회하며 하루사메를 천천히 유도했다.

그리고 마지막에는 떨리는 양손을 잡으며 갓 태어난 하루사메를 어떻게든 일으켜 세우는 데 성공했다.

■ 하루사메는 소개한다

"보, 보, 보지 않았어?! 그보다 봤어도 보지 않았어도 보지 않다고 말해!"

양손으로 치맛자락을 누른 채 새빨간 얼굴의 하루사메가 물었다.

부끄러운 나머지 눈물을 글썽이는 것이 조금 가엽게도 생각되었다.

"아, 그럼! 보지 않았어! 보지 않았다마다!"

봤는지 아닌지를 말하자면 그야 이미 똑똑히 봤지만, 여기서는 하루사메의 바람을 이루어주자.

"……저, 저, 정말로……?"

하루사메는 부끄러운 듯 눈을 위로 올려 뜨고 물었다.

자신이 저지른 짓이 어지간히 부끄러울 것이다. 일어선 지금도 얼굴을 새빨갛게 물들인 채 바들바들 떨고 있었다. 여느 때처럼 내게 농담을 할 여유도 없는 모양이었다. 정말이지 못 말리는 녀석이다.

나는 잠시 생각한 뒤, 하루사메에게 힘을 주고자 평소처럼 농담했다.

"그럼, 정말이지. 줄무늬 팬티는 전혀 못 봤어."

"그래……? 그럼 다행…… 뭐! 어, 어, 어떻게 네가 무늬를 알고 있어! 너…… 반드시 죽이겠어! 새빨갛게 달군 바늘을 손톱 밑에 박아주겠어!"

"그게 뭐냐? 엄청 아플 것 같네……."

"무지막지하게 아프지! 잠깐 바늘이랑 라이터를 사 올 테니 거기서 딱 기다려!"

하루사메는 그렇게 말하더니 땅바닥에 누워 있던 아짱 씨를 일으켜 내게 등을 지려 했다.

여기까지 회복했으면 충분할 것이다.

"거짓말, 농담이야. 나는 아무것도 못 봤어. 그냥 적당히 말한 무늬가 맞았을 뿐이야."

"……농담……이야……? 저, 정말……? 정말 못 봤어?"

"정말이야. 네가 하도 침울하길래 힘내라고 평소처럼 놀린 것뿐이야."

빙긋 웃는 나를 보고 하루사메는 안심했는지 작은 가슴에 손을 대고 짧게 숨을 내쉬더니 작은 목소리로 중얼거렸다.

"그, 그렇구나……. 그럼 다행이다……. 뭐, 뭐어…… 봤 대도 딱히……."

하루사메도 기운을 차린 모양이니 나는 화제를 바꾸기로 했다.

"그, 그리고 보니 카미야마나 아라이는 아직 안 왔어?

약속 시간은 진즉에 지났는데."

약속 시간에 아슬아슬하게 온 내가 그 모양이던 하루사메를 일으켜 세우고 이렇게 진정시키기까지 시간이 꽤 흘렀을 터였다.

그런데 둘 다 모습이 보이지 않았다.

카미야마도 아라이도 시간에는 엄격한 편이다. 그런 두 사람이 모두 지각하는 일은 좀처럼 생각할 수 없었다.

그러자 내 말을 들은 하루사메는 멍한 표정으로 대답했다.

"무슨 소리야? 오늘은 카미야마도 아라이도 안 와."

카미야마도 아라이도 안 온다고?

하지만 이 녀석은 확실히 내게 이렇게 말하지 않았던가?

『그럼…… 이번 일요일에 넷이 보자. 너도 꼭 와야 해!』

의아하게 생각한 나는 거듭 물었다.

"안 와? 하지만 너는 넷이 보자고 하지 않았어? 나랑 너, 그리고 카미야마와 아라이까지 넷이서."

내 말을 들은 하루사메는 나를 찌릿 노려보더니 한숨을 쉬었다.

"바보구나, 쓰레기나토, 만약 그렇다면 다섯 명이잖아. 아짱을 잊었어."

아아…… 아짱 씨도 한 명으로 세는구나…….

하지만 그렇다면 네 명 중 세 명까지는 이해할 수 있다. 이해하고 싶지 않지만.

이렇게 되니 불길한 예감만 들었다.

"나랑 너, 아짱 씨가 셋이라는 건…… 또 한 명은 누군데……?"

나의 질문을 들은 하루사메는 마치 오늘의 날씨라도 대답하듯 당연하다는 말투로 이야기했다.

"아아, 그거 말이야? 그거라면…… 어라? 어디 갔지?"

그렇게 말하며 하루사메는 고개를 좌우로 흔들었다.

한동안 주위를 확인한 뒤 하루사메는 갑자기 무언가를 떠올린 듯 돌아보았다.

"그러고 보니 아까 아래를 봐줬어……. 잠깐만 기다려."

그리고 아까까지 자신이 양손을 넣고 있던 자동판매기 아래를 더듬는가 싶더니 바닥과의 틈에서 무언가를 꺼냈다.

"쓰레기나토와는 처음 보지? 내 친구인 킷코야!"

하루사메가 그렇게 말하며 내게 소개한 것.

그것은 매우 유감스럽게도 두 명째 마법 소녀였다. 아니, 두 장째……인가? 이제 뭐든 상관없다.

팔랑팔랑하고 둥실거리는 파란 치마에 파란 머리카락. 번쩍번쩍 빛나는 에나멜 구두를 신고 손에는 반짝반짝 빛나는 장식이 달린 창을 든 푸른 마법 소녀가 지금 내 눈앞에 있었다.

하루사메는 바닥과 자판기의 틈에서 꺼낸 그것을 익숙한 손놀림으로 자신의 옆에 세우더니 내 쪽을 향해 자신만

만하게 소개했다.

누가…… 알면 좀 가르쳐줬으면 한다. 나는 어디서부터 딴죽을 걸어야 할까……?

왜 마법 소녀가 늘어났을까?

왜 자동판매기 밑에서 나온 걸까?

왜 하루사메는 이렇게도 거시기할까?

너무나도 의문이 많아서 의문이 의문을 부른다면 나는 도움을 구하고 싶다. 그리고 집에 가고 싶다.

"아…… 뭐랄까 그…… 저……기……?"

어이없는 사태에 질문마저 만족스레 할 수 없었다.

나의 질문 같지 않은 질문에 하루사메는 킷코라고 부른 푸른 마법 소녀의 패널을 '탁' 치며 말했다.

"그러니까 내 친구 킷코라고. 아짱과는 마법 소녀 동료이기도 해. 자, 받아."

그렇게 말하며 킷코 씨의 패널을 내 쪽으로 넘기는 것이 아닌가.

"아니, 잠깐만, 나는 이걸 어떻게 해야 하는데?"

"이거라고 하지 마. 무례한 남자네! 킷코도 그렇게 생각하지……? 뭐라고? 꽤 네 스타일이라고? 킷코는 남자 보는 눈이 없구나……. 하, 하, 하지만 말이지? 개중에는? 쓰레기나토가 이상형인 사람이 있어도 이상하지 않을지도 모르지. 마, 마, 만 명에 한 명이라거나! ……그, 그, 그보다다 모였으니 그만 갈——."

"잠깐 기다려! 이 상황을 전혀 따라가지 못하겠는데. 뭐…… 애초에 짐작은 했지만…… 그래도 일단 하나씩 설명해 줄래……?"

그러자 하루사메는 아짱 씨와 손을 잡으며 대답했다.

"나, 나, 나는 오늘 가고 싶은 곳이 있어."

"응, 그건 문제없어."

"이제부터 거기에 같이 가줬으면…… 해서…….."

"그래, 그것도 문제없어."

"……하, 하지만 나만 아짱을 데려가면 코미나토가 혼자라 가엾잖아? 킷코는 오늘 선약이 있던 걸 취소한 모양이니 감사해야 해! 그럼 다 같이 가자!"

그게 큰 문제거든.

하루사메는 그렇게 말하더니 내게 등을 보이며 아짱 씨의 패널에 달린 손을 끌고 양옆으로 묶은 머리카락을 통통 튕기며 성큼성큼 걸어갔다.

하루사메 나름대로 나를 배려한 걸까?

마음 자체는 고맙지만, 그렇지만 하루사메. 나는 혼자 걸어도 정말 괜찮거든……?

내 옆에는 푸른 마법 소녀 패널이 덩그러니 놓여 있었다.

내가 이걸…… 아니, 이 아이를 데리고 걷는다……고?

어떻게 된 일인지 머뭇거리고 있자 이미 10m쯤 앞서 걸던 하루사메가 이쪽을 돌아보며 큰소리를 냈다.

"뭐 하고 있어? 얼른 가자, 킷코, 코미나토."

뭐, 마법 소녀 패널을 데리고 걷는 것도 마법 소녀 패널을 데려온 여자애를 데리고 걷는 것도 별반 차이는 없나……? 그렇게 나 자신을 억지로 납득시키고 하루사메에게 한 손을 들었다.

"아, 응……. 지금 갈게……."

나는 결심하고 킷코 씨 패널을 잡은 뒤 하루사메 쪽으로 걸어갔다.

"아…… 킷코 씨…… 그 창…… 잘 어울리네요……."

하지만 킷코 씨는 대답이 없었다.

지지 마라, 코미나토!

"그리고…… 왜 아까 자판기 밑에 있었나요……?"

하지만 킷코 씨는 역시 대답이 없었다.

문득 깨닫고 보니 아까까지 자판기 밑에 있던 킷코 씨의 얼굴에 먼지가 묻어 있었다.

나는 아무 말 없이 재빠르게 먼지를 털고 하루사메의 뒤를 쫓아갔다.

■ 하루사메는 무언가를 겁낸다

"저기, 몇 가지 질문을 해도 될까?"

"뭐, 뭔데……?"

마법 소녀 아짱 씨의 패널에 오늘은 새 캐릭터인 킷코 씨라는 마법 소녀(무기는 창)까지 있는 상황이다.

킷코 씨의 손을 잡아당기며 하루사메에게 말을 걸었다.

"일단 제일 먼저. 나는 그만 집에 가도 될까?"

하루사메는 내가 아니라 아짱 씨를 향해 입을 열었다.

"내 옆을 걷는 남자가 이상한 말을 한 것 같은데 아짱은 들었어? 못 들었다고? 그, 그렇지? 기분 탓이지? 설마 이제 막 왔는데 집에 갈 리가 없지."

"전혀 기분 탓이 아니야. 집에 가도 돼?"

그러자 하루사메는 마침내 내 쪽으로 얼굴을 돌렸다.

"되, 되, 될 리가 없잖아? 생각이 있는 거야?"

"그렇지……? 방금 그건 농담이야. 그래서 질문 말인데……."

나는 다시 지금의 상황을 확인했다.

아짱 씨는 그렇다 치고 오늘은 나를 위해 킷코 씨까지 데려와서는 이 녀석은 어디에 가고 싶은 걸까?

게다가 아까 자동판매기 밑을 일사불란하게 더듬었는데, 그건 뭘 하던 걸까?

하루사메는 자판기에서 있었던 일이 부끄러운 걸까, 아니면 다른 이유라도 있는 걸까? 아직 뺨을 새빨갛게 물들인 채 나와 나란히 걷고 있었다.

평소에는 끊임없이 아짱 씨에게 말을 거는데 오늘은 말수도 적다.

나는 조용히 옆을 걷는 하루사메 쪽을 보며 계속 질문했다.

"질문인데…… 아까 그런 곳에 엎드려서 뭘 찾고 있었어? 자아 찾기?"

내가 오기 전. 하루사메는 필사적으로 이목도 개의치 않고 자동판매기 밑을 들여다보며 무언가를 필사적으로 찾는 모습이었다. 지갑이 어쩌고저쩌고하기는 했지만, 가령 자기 지갑을 자판기 밑에 떨어뜨렸다면 이렇게 쉽게 포기할 리가 없다.

게다가 할머니가 어쩌고저쩌고 말하기도 했지만…….

나는 내가 던진 농담에 하루사메가 여느 때와 같이 화를 내며 반격할 줄 알았다. 하지만 돌아온 반응은 내 상상과는 정반대였다.

"……저, 저기, 코미나토. ……저기…… 나…… 괜찮을……까……?"

그렇게 말하며 내 쪽을 올려다보는 하루사메의 얼굴은 진지했다.

진지하고 어딘가 불안해 보였다. 그런 표정으로 이쪽을 빤히 바라보았다.

마법 소녀 패널을 데리고 걸으며 그 패널에 말을 걸고 자판기 밑에 양손을 넣은 채 엉덩이를 흔드는 여고생이 괜찮을 리 없지만, 아무래도 그런 말을 할 분위기는 아닌 듯 보였다.

보통 내게 보여주는 고집스러운 태도도 지금은 잠잠했고, 대신에 그 진지한 눈빛에는 불안이 섞인 듯 보였다.

인간이라면 누구나 불안 한두 가지는 있는 법이다. 하지만 불안해진 것과 아까 그 행동이 내 안에서 이어지지 않았다.

질문의 의도를 알지 못한 나는 곧장 의문을 표했다.

"괜찮냐니 무슨 뜻이야? 아까 뭔가를 찾던 것과 무슨 관계가 있어?"

그러자 하루사메는 즉시 대답하지 않고 말을 찾으며 대답했다.

"응....... 관계가 있다면 있고...... 없다면 없을......지도....... 하, 하지만 할 수 있는 건 해두고 싶어서......."

"미안하지만 무슨 뜻인지 전혀 모르겠어."

하루사메는 내게서 얼굴을 돌리고 아짱 씨 쪽을 향한 채 내게 말했다.

"저, 저, 저기……. 나…… 착한 일을 하고 싶어서…….
그, 그, 그래서 곤경에 빠진 사람을 찾다 보니 어느샌가 그
렇게……."

착한 일이라니?

『지갑이나 곤경에 빠진 할머니를 찾고 있어…….』

요컨대 이 녀석은 그거구나.

뭔가 선행을 베풀고 싶어서 길에 떨어진 지갑을 주워서
주거나 곤경에 빠진 노인을 도우려 한 결과가 아까 그 행
동이었던 걸까?

"그래서 지갑이나 곤경에 빠진 노인이나 미아를 찾은
거야?"

하루사메는 더욱 내게서 얼굴을 돌린 채 작게 고개를 끄
덕였다.

접근하는 방법이 크게 잘못된 것 같기는 하지만 납득은
갔다.

하지만 한 가지 의문이 해소되자 새로운 의문이 샘솟았다.

"네가 뭘 하고 싶은지는 알았어. 하지만…… 애초에 왜
착한 일을 하고 싶은 건데?"

하루사메가 다른 사람의 감사하는 마음을 먹는 요괴가
아닌 한, 억지로 착한 일을 하려는 의도가 이해되지 않았다.
그것도 그렇게 몰두하면서까지…….

"아, 아, 아짱은…… 저기…… 그게……. 그래, 오늘 지금부터 갈 가게에서는……. 그……게, 그…… 뭐더라……?"

하지만 하루사메는 내 질문을 무시하고 아짱 씨와 대화를 나누기 시작했다.

다른 사람과 대화하는 게 서툴러도 이 아짱 씨와 하는 대화만큼은 늘 술술 나오는 하루사메가 지금은 그녀와 나누는 대화조차 이 모양이다.

그렇게까지 불안할 일인가?

모습이 이상한 하루사메의 옆을 걸으며 나는 한 달쯤 전에 있었던 사건을 떠올렸다.

이번 여름의 끝자락.

카미야마의 과거 사건으로 홀로 고민에 빠진 내게 하루사메는 이렇게 말해줬다.

『코미나토는 소중한 부원이야. 게다가 소중한 친구고……. 코미나토의 문제는 모두의 문제잖아……. 무슨 일이 있으면 상담하면 좋을 텐데. 오히려 상담해주길 바라.』

이 말 덕분에 나는 모두에게 상담을 청했고, 그 결과, 카미야마에게 과거의 일을 이야기할 수 있었다. 말하자면 하루사메는 은인이다.

게다가 모두가 촌극을 했을 때도…… 주로 아라이의 화약량이 원인이기는 했지만, 하루사메가 연기한 악한 마법 소녀의 의상을 너덜너덜하게 더럽히면서까지 내게 협력해

주었다.

그날 일을 나도 감사하게 생각한다. 곤란한 일이 생기면 협력하고 싶은 마음도 있다.

하지만 무슨 고민을 하는지 알지 못해서야 협력하려야 할 수가 없다.

나는 하루사메를 다시 떠보았다.

"뭐 곤란한 일이 있을 때는 나라도 괜찮다면 힘이⋯⋯."

힘이 될게. 내가 그렇게 말하기 전에 하루사메는 갑자기 발을 멈추고 내 말을 가로막듯 큰소리를 냈다.

"아아아아! 도, 도, 도착했어! 내, 내, 내가 오고 싶었던 곳은 여기야! 요, 요, 요전번에 공원에서 입었을 때 망가져서 새로 사고 싶었거든⋯⋯! 코미나토도 킷코도, 가, 가, 가자!"

고개를 들자 그곳은 작은 주상복합 건물의 계단 앞이었다.

계단에는 곳곳에 애니메이션이나 만화 캐릭터 광고판이 붙어 있었고, 애니메이션 상품 전문점의 간판이 있었다.

"그러고 보니 요전번의 일로 네 의상이 망가졌지?"

"그, 그, 그래. 그러니까 새로운 걸 사고 싶어서⋯⋯. 자, 그런 곳에서 멍하니 있지 말고 가자, 쓰레기나토! 가자, 아짱!"

하루사메는 그렇게 말하더니 익숙하게 아짱을 안고 좁은 계단을 올라갔다.

43

나는 홀로 짧게 숨을 내뱉고 하루사메의 뒤를 따라갔다.

계단이 좁고 킷코 씨의 창이 걸려서 제대로 올라갈 수가 없었지만, 적과 싸우기 위해서는 별수 없는 일이라며 포기했다.

■ 하루사메는 비를 피한다

"……못 살아, 갑자기 쏟아지네……. 일기예보에서는 맑다고 했는데……. 덕분에 옷이 흠뻑 젖었어……. 하루사메, 너는 괜찮아?"

황급히 뛰어온 처마 밑에서 새카매진 하늘을 올려다보았다.

가게를 나섰을 때는 맑았던 가을 하늘도 날이 저물며 서서히 어두운 구름에 뒤덮여 빗방울이 뚝뚝 떨어지기 시작하는가 싶더니 갑자기 양동이를 뒤집은 듯한 소나기가 되었다.

어깨 언저리가 흠뻑 젖은 셔츠를 의미도 없이 털며 하루사메 쪽을 보았다.

"저, 저, 정말…… 갑자기 쏟아지네……. 나, 나, 나도 많이 젖은 것…… 같아……. 하지만 쇼핑은 끝나서 다행이야……."

하루사메는 그렇게 말하며 손에 든 짐이 젖지 않게 꼭 안았다.

우리는 발밑에 튀는 빗방울에 신발을 적시며 잿빛 하늘을 올려다보았다.

그 뒤.

우리는 하루사메가 오고 싶었다던 애니메이션 상품 전문점에 들어가 점 찍어둔 아짱 씨의 의상을 찾았다.

나는 아짱 씨가 나오는 애니메이션을 본 적은 없었지만, 그럭저럭 인기 있는 작품인 모양인지 가게 안에는 특설 코너가 설치되어 있어서 찾기는 그리 어렵지 않았다.

쇼핑하며 불행 중 다행이라고 할까? 패널을 데려온 우리를 본 점원도 가게에 와 있던 손님들도 우리를 그저 코어 팬이라고 인식한 모양이라 경악 섞인 눈빛을 받을 일은 없었다.

왜 그 가게에 함께 오고 싶었냐고 물어봤는데, 아무리 하루사메라도 도저히 혼자…… 아니, 둘인가? 아짱과 둘이서는 들어오기 힘들었던 모양이다. 가게 손님의 9할은 남성이었으니 그것도 별수 없는지도 모르겠다.

게다가 본래부터 쇼핑도 만족스레 하지 못하는 녀석이었다는 것을 떠올렸다.

나를 데리고 가서 순조롭게 쇼핑을 마치고 싶었으리라.

마법 소녀 패널을 들게 하는 건 늘 사양하고 싶지만, 이런 정도라면 언제든 함께하겠다고 무사히 쇼핑한 하루사메에게 전해두었다.

이리하여 쇼핑을 마친 우리는 가게를 나서 귀갓길에 올랐고, 이왕이면 하루사메네 집까지 데려다주려고 했는데.

이 녀석의 집까지 몇 분 남지 않은 상황에 갑자기 비가 억수같이 쏟아진 것이다.

나 혼자라면 뛰어가도 괜찮지만, 하루사메와 종이로 만든 마법 소녀들을 적실 수도 없어서 어떻게 하면 좋을지 난감해하는데 하루사메가 이곳의 처마를 발견하여 잠시 몸을 피했다.

무거운 하늘에서는 끊임없이 세찬 비가 쏟아졌다.

"비…… 그칠 기색이 없네……."

툭 내뱉은 내게 하루사메가 대답했다.

"……응, 엄청 쏟아진다……. 하, 하, 하지만 마침 비를 피한 곳이 여기라 다행이야……. 그렇지, 아짱?"

"무슨 뜻이야?"

하루사메의 말에 나는 비를 피하게 해준 이 건물을 보았다.

황급히 뛰어든 이 건물. 평범한 민가치고는 묘하게 수수하고 말끔하다. 자세히 보니 이 주변 지역의 마을회관인 모양이었다.

지역 주민들이 모이는 작은 공간이라고 할까? 확실히 이곳이라면 지나가던 우리가 한동안 처마를 빌려도 문제없을 것이다.

하루사메의 말에 고개를 끄덕이자 하루사메는 아무런 주저도 없이 입구의 미닫이문을 열고 현관에서 신발을 벗은 뒤 아짱 씨를 데리고 안으로 들어가려 했다.

아무리 공적인 시설이라지만 무단으로 들어가도 될까?

황급히 하루사메를 불러세웠다.

"야, 하루사메…… 들어가도 되는 거야?"

"거기서는 젖을 테니 안으로 와. 괜찮아."

그렇게 말하며 하루사메는 나를 두고 안으로 쏙 들어갔다.

처마 밑이라지만 옆으로 들이치는 격렬한 빗발이 나와…… 킷코 씨 패널을 적셔댔다. 내 옷은 흠뻑 젖어 찝찝했고, 킷코 씨는 더 젖으면 목숨이 위험할 듯했다.

"아, 응…… 하지만 정말 괜찮을까……?"

나는 머뭇머뭇 신발을 벗은 뒤 킷코 씨를 데리고 안으로 들어갔다.

나무로 만든 복도를 빠져나가 하루사메의 뒤를 쫓자 안쪽에서 인기척이 느껴졌다. 게다가 왁자지껄한 이야기 소리에 섞여서 하루사메의 목소리도.

안에 있던 사람들에게 말을 하는 걸까……? 설마 그 하루사메가?

나는 머리에 물음표를 몇 개나 떠올리며 복도 끝의 미닫이문을 드르륵 열었다.

그곳은 다다미가 깔린 모임 공간이었다.

다다미 20장 정도 넓이의 텅 빈 일본식 방에는 몇 개의 간소한 테이블이 놓여 있고, 그 위에는 다과가 있었다.

뭔가 모임이 있었는지 몇 명의 노인들이 즐겁게 시간을 보내는 중이었다.

그리고—— 그 중심에 하루사메가 있었다.

하루사메는 아짱 씨에게 말도 걸지 않고 노인들과 즐겁게 이야기를 나누는 것이 아닌가.

이건 꿈인가……?

나를 알아챈 하루사메가 조금 얼굴을 붉히며 손짓했다.

"……잠깐. 그런 곳에서 뭘 멍하니 서 있어? 어, 얼른 이리 와……."

"아…… 응……."

나는 영문도 모른 채 재촉받아 하루사메의 옆에 앉았다.

하루사메는 투덜투덜 불평하면서도 가까이에 있는 주전자인지 포트인지에 손을 뻗으며 입을 열었다.

"하여튼 눈치 없는 남자라니까……. 그러니까 쓰레기나 토나 눈치 꽝 미나토라고 불리는 거라고 몇 번을 말해."

"거참 부르기 힘든 호칭이네……. 그, 그보다 이 사람들과 말이 통했어? 왜 이렇게 친숙해?"

그러자 하루사메 대신 테이블 맞은편에 앉아 있던 사람 좋아 보이는 할머니께서 나의 의문에 답했다.

다정한 얼굴로 미소 지은 할머니가 느긋한 말투로 말씀하셨다.

"어머나, 그럼 그 남자애가 바로 하루가 늘 말하던 쓰레기다니?"

쓰레기다가 아니라 쓰레기나토예요. 덧붙여 말하자면 코미나토랍니다, 할머니.

"느, 느, 늘 말하지 않았어요! 그만 하세요, 요시다 할머니!"

하루사메는 정신없이 손을 움직이며 얼굴을 새빨갛게 물들인 채 부정했다.

"그러니? 하지만 이 아이가 쓰레기다 맞지? 하루."

"이런 남자의 이름은 기억하지 않아도 돼요. 기억한 부분의 뇌가 거기서부터 썩어들어갈 테니까요……. 자, 이거…… 네, 네, 네게……."

내 이름은 저주의 말 같은 걸까?

하루사메는 요시다 할머니라고 부른 노인에게 대답하며 내 눈앞에 무언가를 내밀었다. 시선을 내리자 그곳에는 하루사메가 방금 끓였을 차와 귀여운 화과자 하나가 있었다.

나는 평소의 하루사메에게서는 상상도 할 수 없는 솜씨와 센스에 놀라서 멍하니 감사 인사를 하는 게 다였다.

"아, 응…… 고마워……."

"따…… 딱히 너를 위해 끓인 게 아니야! 저기…… 그래, 마침 이 공간에 차를 두고 싶었을 뿐이야! 도, 도, 독! 그래, 독을 탔어!!"

하루사메는 얼굴을 붉히더니 내게서 시선을 홱 돌리고

빰을 부풀렸다.

"……야, 하루사메, 이분들은 누구셔?"

"이, 이, 이분들은 내 이웃이셔……. 여기 계신 건 이웃 노인회 여러분이고…… 사, 사이좋게 지내고 있어……."

하루사메의 말이 들렸는지 근처에 있던 노인 중 한 명이 입을 열었다.

"그래, 하루는 늘 우리와 함께해 준단다. 지역 청소 행사 같은 건 노인끼리 하기 힘드니 정말 큰 도움이 되지."

하루사메의 의외의 일면에 감탄하며 나는 다시 인사를 했다.

"하루사메가 도움……이요? 아…… 소개가 늦었네요. 저는 코미나토라고 합니다. 하루사메와는 같은 클럽활동의 부원이고……."

이 말에는 내 옆에 있던 할아버지가 대답했다.

"그래, 잘 알고 있어. 하루가 자주 이야기하거든. 죽여버리고 싶은 남자가 있다지, 아하핫."

"늘 무슨 이야기를 하는 건지……. 죄송합니다. 오늘은 민폐를 끼친 것 같네요. 비가 그칠 때까지 머물러도 될까요?"

"뭘 그런 걸 가지고. 계속 있어도 괜찮아. 하루가 하도 자네 얘기를 해서 우리도 함께 아이디어를 내고 있지. 솥에 넣고 끓이거나, 도끼를 이용하면 어떠냐고, 아하핫."

할아버지는 그렇게 말씀하시며 웃었다.

아마 농담일 테지만, 솥도 도끼도 그만두세요!

할아버지의 말을 들은 하루사메는 얼굴을 새빨갛게 물들이며 부정했다.

"그, 그, 그러니까! 이런 녀석의 이야기는 한 적이 없대도요! 정말…… 그만 하세요!"

할아버지는 그렇다고 칠까 하고 웃으며 하루사메를 보았다.

나는 옆에서 얼굴을 새빨갛게 물들인 하루사메에게 귓속말을 속삭였다.

"……하루사메, 이 사람들 앞에서는 평범하게 이야기할 수 있어?"

"무, 무, 무슨 소리야? 나는 항상 평범하다고! 노멀해! 하, 하지만…… 그래……. 다른 사람보다는 평범하게…… 이야기할 수 으……려나……?"

쑥스러운 듯 대답하는 하루사메를 다정한 노인들이 방긋방긋 미소 지으며 지켜보았다.

테이블 너머의 요시다 할머니가 온화한 미소를 지으며 말을 꺼냈다.

"하루야, 그리고 보니 지난주에 받은 손수건이 아주 쓰기 좋더구나. 오늘도 이렇게 가져왔단다."

요시다 할머니는 테이블 위에 놓인 작은 전통 무늬 파우치 속에서 한 장의 손수건을 꺼내어 펼치더니 하루사메에게 보여주었다.

하얀 레이스 귀퉁이에 갈색의…… 빈말로라도 잘했다고
는 할 수 없는 하마가 수 놓인 손수건을 들고 기쁜 듯 미소
짓고 있었다.

"이 하마 자수도 아주 귀여워. 고맙구나. 정말 기뻐."

"마음에 드신다니 다행이에요. 아, 하지만 그 자수……
고양이……인데……. 죄, 죄송해요. 다시 한번 제대로 만
들게요……."

"어머나, 이게 고양이였구나? 하지만 괜찮아. 이건 이것
대로 귀여운걸. 나는 정말 마음에 든단다. 고맙다, 하루야.
설마 이 나이에 생일 축하를 받을 줄은 몰랐구나."

여기 있는 다정한 노인들의 반응을 보아하니 하루사메는
조금 독특한 손녀 취급을 받는 것이리라. 적어도 학교에서
의 하루사메보다는 이 자리에 녹아드는 것처럼 보였다.

하루사메에게도 이런 곳이 있었다니.

그렇게 느낀 나는 조금 안심했다.

사교성이 좋지 않아 친구도 제대로 사귀지 못하던 하루
사메도 이곳에서는 그럭저럭 즐거워 보였다.

나는 하루사메가 끓여준 차를 홀짝이고 화과자를 베어
먹으며 하루사메와 노인들의 대화를 흐뭇하게 들었지만,
요시다 할머니의 다음 말에 귀를 의심했다.

"——그래, 그러고 보니 오늘은 아짱뿐만 아니라 킷코도

같이 왔구나. 킷코는 오랜만이네. 잘 지냈니? 아, 그래? 그거 다행이구나."

갑자기 마법 소녀 패널에 말을 거는 요시다 할머니를 보고 나는 무심결에 차를 뿜었다.

"자, 잠깐! 갑자기 뭐야! 더러워 죽겠네, 쓰레기나토. 뭐 하는 거야!"

하루사메는 나를 나무라며 자연스레 호주머니에서 손수건을 꺼내 내가 더럽힌 테이블을 닦아주었다.

요시다 할머니는 계속 말을 이었다.

"어머나, 괜찮니? 응? 그래, 항상 두 사람은 저런 느낌이구나? 마법 소녀 아짱이 그렇게 말한다면 괜찮을 것 같네."

요시다 할머니는 조용히 미소 짓더니 콜록대는 나와 당황한 하루사메를 교대로 보며 눈을 가늘게 떴다.

그것을 보던 노인들도 저마다 아짱이 말한다면 틀림없다거나 킷코도 이쪽으로 와서 차라도 마시라고 말했다.

나는 생각했다.

하루사메…… 녹아들었다고 할까, 하루사메 월드가 침식하지 않았어?

순간적으로 이곳에 있는 모두에게도 아짱 씨와 킷코의 목소리가 들리는가 싶었지만, 분명 그들이 하루사메에게 한없이 다정할 뿐일 것이다.

쑥스러워하면서도 싫지만은 않은 표정으로 이야기하는

하루사메와 그것을 보고 미소 짓는 노인들의 얼굴이 그렇게 말하는 듯했다.

■ 하루사메는 대화를 한다

이래저래 30분은 이야기를 나누었을까?

하루사메는 그럭저럭 즐겁게 대화했고, 나도 그것에 휘말리듯 다양한 이야기를 들었다.

대부분이 평소 하루사메의 모습이나 이곳에서 나눈 대화에 관한 거여서, 매번 하루사메가 비명을 지르며 내게 덤벼들고, 그 모습을 노인들이 흐뭇하게 지켜보는 상태였지만.

이윽고 노인회 사람들은, 그럼 나머지는 젊은이 둘에게 맡기고……라며 돌아갔고, 나와 하루사메는 둘이 넓은 방에 덩그러니 남겨졌다.

아까까지 시끌벅적하던 이 방도 지금은 빗소리밖에 들리지 않았다.

즐겁던 대화가 사라지자 갑자기 적막에 휩싸인 기분이 들었다. 밖에서 들리는 주룩주룩 빗소리가 정숙을 강조하는 느낌마저 들었다.

여느 때처럼 농담이라도 할 수 있으면 좋겠지만, 내가 모르는 평범한 하루사메를 봐서 그런지 평소처럼 하루사메에게 농담을 건네기가 어쩐지 꺼려졌다. 그럼 무슨 이야기를 할까 생각했지만, 딱히 아무 생각도 나질 않았다.

조용한 방에서 안절부절못하고 안 봐도 될 창밖을 바라보며 최대한 센스 있는 말을 생각한 끝에 입에서 나온 말이 이거였다.

"아…… 비가 안 그치네……."

문득 하루사메 쪽을 보니 테이블 위의 찻잔 등을 익숙한 손놀림으로 부지런히 정리하고 있었다.

"아…… 나, 나도 도울게."

그렇게 말하며 일어서려던 내게 쟁반 위에 찻잔을 포개며 하루사메가 말했다.

"됐어. 거기 앉아 있어. 오늘은 피곤하지? 나는 그 사람들을 알지만, 코미나토는 초면이었잖아. 응……. 초면인 사람과 이야기하는 건…… 힘드니까……."

그렇게 말하며 일순 얼굴이 흐려진 것 같았지만, 하루사메는 이내 자연스러운 표정으로 빙긋 웃더니 다 쓴 식기를 정리하여 일어났다.

"으…… 응……. 고마……워."

복도로 사라져가는 하루사메의 뒷모습을 바라보며 어색하게 감사의 말을 했다.

타닥타닥 복도를 걷는 작은 발소리가 일단 저편으로 멀어졌고, 달그락달그락 식기를 닦는 소리가 들리는가 싶더니 이윽고 이쪽으로 돌아왔다.

"자, 설거지도 끝났어……. 그나저나 그 사람들도 기운이 넘친다니까."

하루사메는 그렇게 말하고 내 옆에 앉으며 휴 하고 한숨을 쉬었지만, 그 얼굴은 어딘가 기쁜 듯했다.

하루사메가 평소처럼 이상하게 굴지 않고 이렇게 자연스럽게 이야기할 수 있는 것은 아까까지의 여운이 남아 있기 때문일까?

"응, 정말 기운이 넘쳤어……. 이야기하다 보면 누가 젊은이고 누가 노인인지 모르겠다니까."

"정말 그래. 저기, 코미나토…… 오늘은 미안했어. 기껏같이 쇼핑하러 와줬는데 비를 맞고, 알지도 못하는 사람들과도 이야기를 나누고……."

그렇게 말하며 미안한 듯 사과하는 하루사메에게 나는 웃으며 대답했다.

"비는 네 탓이 아니고…… 게다가 즐거웠어. 네가 평소에 어떤 모습인지도 볼 수 있었고."

그러자 하루사메는 얼굴이 살짝 빨개졌다.

"펴, 평소라니…… 나는 늘 평소대로야! 그렇지, 아짱?"

그렇게 말하며 아짱 씨 패널에 말을 거는 하루사메를 보며 나도 모르게 웃어버렸다.

"뭐, 그렇다고 해둘까?"

"그렇다고 해두는 게 아니라 사실이 그렇거든!"

얼굴을 새빨갛게 물들인 채 홱 돌린 하루사메도 평소보

다 부드러운 표정을 지은 것처럼 보였다. 포근하고 자연스러운 미소.

이런 하루사메와 둘이 차분히 이야기하는 것도 나쁘지 않다. 그렇게 생각하기 시작했다.

게다가…….

"그러고 보니 요시다 할머니는 손수건을 좋아하셨어. 내 옆에 앉았던 할아버지께는 자주 어깨를 주물러 드린다지? 너 아주 착한 사람이구나?"

그렇게 말하며 하루사메 쪽을 보자 아까까지 자연스러운 미소를 짓던 하루사메가 갑자기 새빨개져서 무언가를 진지하게 생각하는 듯한, 무언가 중요한 것을 갑자기 떠올린 듯 심각한 표정을 짓고 있었다.

내가 뭐 이상한 소리를 했나……?

불안해져서 하루사메에게 확인했다.

"……왜 그래? 내가 무슨 이상한 소리를 했어?"

그러자 하루사메는 진지한 얼굴로 오늘로 두 번째인 말을 했다.

"저…… 저기, 코미나토……. 저기, 나…… 괜찮을까? 착한 사람……일까……?"

아까 쇼핑하러 가기 전에도 이런 말을 했던 것 같다.

자판기 밑에 손을 집어넣으며 엉덩이를 흔드는 기행을 보여주던 하루사메라면 또 모를까, 여기 있는 하루사메는 괜찮은 것은 물론이거니와 노인들의 반응을 봐도 착한 사람이라고 생각한 나는 하루사메의 진지한 모습에 압도되면서도 대답했다.

"으…… 응. 그래……. 괜찮고, 착한 사람이라고 생각하는……데?"

"아아, 정말로."

내 말을 들은 하루사메는 작은 가슴에 손을 대더니 한숨을 쉬었다.

"다행이다……."

그 동작은 진심으로 안도하는 것처럼 보였다.

약속 시간도 그렇고, 지금도 그렇다. 하루사메는 대체 무엇을 불안해하는 것일까?

"저기…… 그거 쇼핑하기 전에도 말했는데 대체 뭐가 어떻게 된 거야? 괜찮다거나 착한 사람이라거나. 뭔가 걱정되는 거라도 있어?"

창밖에서는 아직도 빗소리가 계속되었다.

그러자…… 하루사메는 잠시 입을 다물고 무언가를 생각한 뒤, 내 쪽을 올려다보았다. 평소와는 다른 진지한 눈동자 속에는 불안이 숨어 있는 듯했다.

한동안 시선이 마주쳤지만, 이윽고 무언가를 결심했는지 하루사메가 내 쪽으로 몸을 들이댔다.

귀여운 하루사메가 서서히 다가와 나는 어쩐지 부끄러

워서 침을 삼켰다.

하루사메는 진지하면서도 어딘가 부끄러운 듯한 얼굴로 나를 바라보았다.

"……저, 저기……. 아무에게도 말하지 않을 거지……?"

어지간히 심각한 고민이라도 있는 걸까?

"아…… 응, 약속할게. 그래서, 뭔데?"

하루사메는 내 귓가에 얼굴을 들이대는가 싶더니 결심한 듯 작게 숨을 들이쉬었다. 하루사메의 숨결이 내 귀에 닿았다.

"저, 저, 저기…… 시, 실은, 내게는…… 작년에…… 오…… 오…… 오지 않았어……."

"오지 않았다니…… 뭐가 오지 않았어?"

"어, 어차피 네게는 분명 왔겠지……? 너는 의외로 착한 녀석이니까……. 그러니까 올해야말로…… 나는…… 노력해야 한다고…… 생각해서……."

"음…… 잘 모르겠지만…… 그래서 뭐가 안 왔다는 거야?"

"그…… 그러니까…… 그…… 작년에, 내게——."

하지만 그다음 말이 내 귀에 다다르는 일은 없었다.

대신에 현관문이 드륵드륵 열리는 소리와 함께 아까까지 들었던 목소리가 들렸다.

"하루야~ 아직 있니~? 비가 한동안 그치지 않을 것 같아서 우산을 가져왔단다. 현관에 둘 테니 쓰려무나. 간다."

요시다 할머니는 현관 앞에서 그렇게 말하고 다시 문을 드륵드륵 닫은 뒤 나갔다.

　──동시에 내 귀에 격통이 내달렸다.

　"아야! 뭐, 뭐야, 뭐야?!"

　황급히 옆으로 시선을 보내자 그곳에는 내 귀를 깨문 하루사메가 있었다.

　아무래도 입을 열고 귓속말하려던 참에 깜짝 놀라는 바람에 급히 그 입을 닫으려다 내 귀를 깨문 모양이었다.

　"앙깡, 호이아호! 이 위는 애 앙 떠어이는 어야! 떠어여!" (잠깐, 코미나토! 이 귀는 왜 안 떨어지는 거야! 떨어져!)

　하루사메는 내 귀를 깨문 채 말했다.

　"잔말 말고 일단 귀에서 입을 떼래도!"

　"흐허헤 마해도 떠어이 후하 어허!"(그렇게 말해도 떨어질 수가 없어!)

　하루사메의 입이 내 귀에서 떨어진 것은 그로부터 몇 분 뒤였다.

　"……내, 내 귀가 제대로 붙어 있어……? 떨어지지 않았어……?"

　"괘, 괘, 괜찮아……. 제대로 붙어 있어……. 피도 안 나고……. 마, 만약 아직 아프면 아짱의 치료 마법으로 치료할래……?"

"아짱 씨는 치료 마법을 써⋯⋯? 하지만 마법은 됐어⋯⋯. 아무렇지도 않아서 다행이야⋯⋯. 응⋯⋯."

내 말에 하루사메는 평소의 상태를 조금 회복했다.

"그, 그래. 아짱의 마법은 어떤 상처든 순식간에 치료해. 하지만 그만큼 통증이 단숨에 몰려오니 다친 정도에 따라서는 통증 때문에 발광하지만. 저, 저, 저기⋯⋯ 미안해⋯⋯ 코미나토. 설마 내가 그런 짓을 할 줄은 몰랐어⋯⋯. 갑작스러운 상황에 깜짝 놀라서⋯⋯."

"그 무시무시한 마법은 뭐냐⋯⋯? 아니야⋯⋯ 딱히 괜찮아."

하루사메는 내가 화나지 않았다는 걸 알자 조금 안심했는지 곤란한 표정으로 미소 짓더니 다시 한번 미안하다고 사과하며 머리를 숙였다.

이런 하루사메를 보고 내게는 두 가지 깨달은 것이 있었다.

하나는, 아짱 씨는 아주 무서운 마법사라는 것.

그리고 또 하나는, 하루사메는 지금 고민이나 불안이 있어서 오늘 상태가 이상했다는 것. 그리고 그것은 도저히 말하기 힘든 이야기라는 점이다.

풀 죽은 하루사메를 보며 나는 이 녀석의 고민을 상상했다.

그 고민은 하루사메가 착한 일을 해야만 하는 무언가다.

엉덩이를 흔들어대면서까지 정신없이 열중할 정도로. 거기에 하루사메의 난해한 성격을 더하여 생각해 보았다.

친구가 생기지 않는 것이라면 이미 나를 포함한 대화부원에게 알려진 사실이다. 이렇게까지 말하기 힘든 일은 아닐 것이다.

게다가 오지 않았다……니……. 글렀다. 모르겠다.

짐작 가는 게 너무 많다. 애초에 혼자서는 제대로 쇼핑조차 하지 못하는 녀석이다. 고생하는 일도 다양하게 많을 것이다.

하지만 이목도 개의치 않고 자동판매기 밑을 들여다보거나 내 귀를 깨물 정도로 이성을 잃을 법한 일이라면…….

모자란 머리로 생각했지만, 내게는 도저히 알 수 없었다. 그래서 다시 한번 솔직히 하루사메에게 물어보기로 했다.

"저기, 하루사메. 있잖아, 아까 하던 이야기 말인데——."

그러자 내 말을 가로막듯 하루사메가 황급히 입을 열었다.

"우, 우, 우산을 빌려서 다행이야! 이, 이제 집에 갈 수 있으니 그만 가자! 계속 여기에 있을 수는 없잖아……. 자, 가자, 아짱!"

하루사메는 그렇게 말하더니 일부러 내 쪽을 보지 않으려는지 얼굴을 돌린 채 바닥에 눕혔던 아짱 씨 패널을 일으켜 세우고 재빨리 현관 쪽으로 갔다.

나는, 야~ 기다려, 라고 말하며 마찬가지로 눕혔던 킷코 씨 패널을 세워 현관으로 향했다.

현관에는 우산이 넷 있었다.

요시다 할머니가 두고 간 것이리라.

이건 나와 하루사메, 그리고 아짱 씨와 킷코 씨의 몫이 겠지?

주룩주룩 쏟아지는 폭우 속. 우리는 입을 다문 채 한동안 걸었고, 이윽고 어느 집 앞에서 하루사메가 발을 멈추었다.

깔끔하게 손질된 정원에 밝은 인상을 주는 오렌지색 외벽. 문패에는 아마노라고 적혀 있었다.

나는 킷코 씨와 잡았던 손을 놓고 하루사메에게 건넸다.

하루사메는 둘을 데리고 익숙한 동작으로 문을 열더니 안으로 들어갔다. 나는 우산을 쓴 채 그 뒷모습을 조용히 바라보았다.

현관문 앞까지 간 하루사메는 우산을 접고 이쪽을 돌아보았다.

"그, 그 우산…… 내일 학교에 가져오면 내가 반납할게……."

"그래, 부탁할게. 겸사겸사 감사 인사도 전해줘. 그리고…… 아…… 혹시 곤란한 일이 있으면 언제든 말해. 나라도 괜찮다면 이야기 정도는 들어줄 테니까."

하루사메는 지금 어떤 문제를 끌어안고 있다. 그것을 알아챈 내가 뭔가 해주고 싶다는 마음은 확실히 있다. 하지만 본인이 말하고 싶지 않다면 억지로 묻는 것도 폭력일지 모른다. 그래서 지금은 이렇게 말해둘 수밖에 없다……고 생각한다……. 아마도.

하루사메는 내게 등을 돌리고 현관문에 손을 뻗었다.

휘잉 돌풍이 불어 하루사메의 작은 등을 적셨다.

비는 그칠 줄을 모르고 지금도 주룩주룩 쏟아졌다.

하루사메는 빙글 돌아보더니 힘없이 싱긋 웃었다.

"고, 고, 고마워……. 하지만 괜찮아. 딱히 큰 문제는 아니거든……. 내, 내, 내일 또 보자……. 학교에서."

하루사메의 형언할 수 없는 미소를 떠올리며 나는 빗속을 걸어 집으로 향했다.

대체 이 비는 언제 그칠까 생각하며.

그치지 않는 비는 없다고 하고, 그치지 않으면 그치지 않는 대로 좋다. 이렇게 우산을 쓰면 되니까.

그렇다면 하루사메는 지금 우산을 갖고 있을까……?

결국 이 비는 밤새도록 쏟아졌다.

하루사메와 수족관

kamiyama san no
Kamibukuro no
naka niha

■ 카미야마는 연습한다

가을도 서서히 깊어져 가는 10월 중순.

나는 방과 후의 아무도 없는 복도를 홀로 걷고 있었다.

클럽활동비 신청 서류가 미비해서 교무실에 불려가 담임선생님께 설명을 들으며 다시 작성했기 때문이다. 시간으로 따지자면 2, 30분 정도 걸려서 클럽활동에 완전히 늦었다.

이미 모두 부실에 모여 있을 것이다.

분명 하루사메를 비롯한 부원들에게 늦었다며 혼이 나겠지…….

"늦었잖아, 이 지각미나토!"라고 혼을 내면 뭐라고 받아칠지 생각하며 복도를 걸었고, 마침내 도착한 부실의 문에 손을 대자 문 너머…… 부실 안에서 세 사람의 말소리가 들려서…… 아니…… 말소리라기보다 응원이랄까, 구령이랄까……. 평범한 대화와는 다른 목소리가 들려서 나는 문에 손을 댄 채 한동안 안쪽의 상황을 살피기로 했다.

"그 기세야, 카미야마! 응, 아주 좋아! 잘 됐어."

"고고고고고마……워……! 다시 한번 힘내……볼게……!"

"내, 내게는 아직 안 보여……. 아라이는 대단하네…….

하, 하지만 방금 그 속도라면 괜찮지 않을까! 아짱도 그렇게 생각하지? 힘내, 카미야마!"

그리고 이따금 붕! 하고 공기를 가르는 듯한 소리가 들려왔다.

저 녀석들은 뭘 하는 거지……?

굉장하다는 말은 그렇다 쳐도 속도라거나 눈에 보이지 않는다니 전혀 상상이 가지 않는데……. 이대로 여기에 서 있어봤자 별수 없다.

손을 댔던 문을 열고 늦어서 미안하다고 사과하며 안으로 들어갔다.

안에서는 교실의 정중앙 부근에 카미야마가, 그 정면에 아라이와 하루사메(와 아짱 씨 패널)가 카미야마 쪽을 향해 서 있었다.

"미안해. 클럽활동비 신청 때문에 조금 늦었어……. 그런데 거기서 뭘 하는 거야?"

내가 말을 걸자 모두 일제히 내 쪽으로 얼굴을 돌렸다.

"아, 코미나토, 늦었네. 클럽활동비 신청 고마워. 지금 카미야마가 엄청 노력하는 중이야. 코미나토도 같이 부탁해도 될까?"

부탁이라니 무슨 소리인지 상황을 전혀 알 수 없었다. 하지만 아라이에 이어 하루사메도 진지한 얼굴로 내게 이렇게 말했다.

"너, 너, 너도 같이해! 마침 고양이나 쓰레기나토의 손이라고 빌리고 싶던 참이었어. 카, 카, 카미야마가…… 노력하고 있다고."

마음속으로 야~옹 하고 중얼거리며 아직도 이해하지 못하는 나는 뭘 도우면 되냐고 물었다.

"무슨 도움이 필요한 거야? 딱히 상관없지만, 어떻게 하면 되는데?"

그러자 카미야마가 내 쪽으로 얼굴을…… 아니, 종이봉투를 돌렸다.

"코, 코미나토…… 저기…… 지금 내 연습을 도와주는 건데……. 코미나토도 같이 봐……줄래……?"

"연습? 보라고? 대체 무슨 연……."

내 말이 채 끝나기도 전에 옆에 있던 아라이가 입을 열었다.

"으~음…… 보면 알 테니 괜찮아. 그럼 카미야마, 다시한번 해봐. 코미나토는 카미야마 쪽을 보고 있어."

아라이의 말에 카미야마는 고개를 끄덕이고 결심한 듯몸에 힘을 주더니, 양손을 자신의 머리…… 즉, 종이봉투에 댔다.

카미야마의 치마에서 땀이 뚝 떨어져 부실 바닥에 작은얼룩을 만들었다.

아라이도 하루사메도 진지한 얼굴로 카미야마의 얼굴

부근을 빤히 집중하듯 보고 있었다.

그러자 갑자기. 세 사람의 분위기가 변하며 일순 부실에 긴장된 분위기가 감돌았다.

……여기서 나는 깨달았다. 이것은 분명 카미야마가 종이봉투를 벗는 연습이다.

여름 막바지에 공원에서 일이 있고 난 뒤, 카미야마는 딱 한 번 우리 셋 앞에서 종이봉투를 벗었지만, 평소에는 이렇게 종이봉투를 뒤집어쓰고 생활한다. 하지만 카미야마의 마음속에서 종이봉투를 벗고 싶다는 생각도 이전보다 커졌을 것이다.

그래서 이렇게 우리 앞에서 얼굴을 드러내고, 최종적으로는 항상 종이봉투를 벗고 생활하기 위한 연습이라 생각했다.

그렇구나……. 카미야마도 카미야마 나름대로 고심해서 이렇게 조금씩이나마 앞으로 나아가려는 거구나.

나는 기뻐서 함께 성원을 보내기로 했다.

"그래, 알았어……. 나도 도울게. 시작해!"

나는 그렇게 말하고 카미야마 쪽을 빤히 보았다.

나와 아라이, 하루사메가 진지한 눈빛으로 지켜보는 가운데. 카미야마는 머리에 뒤집어쓴 종이봉투의 양쪽 끝에 손을 대고 부끄러운 듯 떨었지만, 이윽고 몸에 힘을 팍 주자 그 떨림이 멎었다.

오랜만에 카미야마의 얼굴을 볼 수 있을지도 몰라서 조금 설레며 그 순간을 기다렸다.

……하지만.

카미야마는 거기서 전혀 움직이지 않아 마치 시간이 멈춘 듯했다.

역시 아직 부끄러운가?

내가 그렇게 생각했을 때, 옆에 있던 아라이가 방긋방긋 웃으며 말을 걸었다.

"그래, 아주 좋아. 나이스 파이트! 카미야마!"

하루사메도 반응했다.

"아라이, 대단해……. 나, 나, 나는…… 아직 전혀 눈이 익숙하지 않아서……."

하루사메는 그렇게 말하고 눈을 비비며 아쉬워했다.

두 사람은 무슨 말을 하는 것일까? 카미야마는 전혀 움직이지 않잖아.

"……잠깐, 너희 무슨 소리를 하는 거야?"

카미야마는 미동도 하지 않았다. 심지어 종이봉투는 1mm도 움직이지 않았다.

아니면 내가 착각했을 뿐이고 전혀 다른 연습을 하던 건가?

당황스러운 마음을 감추지 못한 채 내가 말하자 아라이가 방긋방긋 웃으며 대답했다.

"아, 그렇구나……. 그럼 코미나토, 이번에는 눈이 아니라 의식을 귀에 집중해봐. 그럼 카미야마, 다시 한번 해보자."

카미야마는 고개를 끄덕이더니 아까와 마찬가지로 양손을 종이봉투에 대고 그 자세 그대로 굳었다.

아라이의 말대로 의식을 귀에 집중했다.

고요한 교실.

마른침을 삼키며 지켜보는 아라이와 하루사메.

활짝 열린 창문과 상쾌한 가을바람에 흔들리는 하얀 커튼.

카미야마의 종이봉투 끝에서 엿보이는 검은 머리카락 끝에 맺혀가는 땀방울만이 정지된 이 교실에서 움직이고 있었다.

이윽고 그 방울은 서서히 그 크기를 키워서 당장이라도 낙하운동을 시작할 것 같았고── 그 방울이 내 눈에서 모습을 감추었다.

당장이라도 떨어질 것 같던 땀이 순간적으로 내 시야에서 모습을 감춘 것이다.

어라? 방금 순간적으로 시간이…… 날아갔어……?

……그와 동시에 내 뺨에 무언가가 찰싹 달라붙는 감촉. 그리고 집중하던 귀에 다다른 것은 아까 복도에서 들렸던 붕 하고 공기를 가르는 소리.

뺨을 더듬자 그곳에는 물방울이 한 방울.

설마 이거…… 아까 카미야마의 머리카락에서 떨어지려

던 땀……인가……?

그렇다면 대체 무슨 일이 일어난 거지……?

내가 눈앞에서 일어난 사건을 정리하고 있는데 옆에 있던 두 사람에게서 환호성이 일었다.

"해냈구나, 카미야마! 그 기세야, 그 기세!"

"괴, 괴, 굉장해. 카미야마, 노력했구나! 하지만 내게는 아직 전혀 보이지 않아……."

두 사람의 이 반응과 순식간에 내 뺨으로 순간 이동한 땀방울…… 그리고 공기를 가르는 듯한 소리. 이건 혹시…….

"아…… 카미야마……. 혹시 방금…… 종이봉투를 순간적으로 벗었어……?"

그러자 카미야마는 주뼛주뼛 양손을 몸 앞에서 배배 꼬며 부끄러운 듯한 목소리를 종이봉투 안쪽에서 뱉었다.

"코…… 코…… 코미나토에게도…… 보였……어? 내…… 내…… 얼굴……."

그렇게 말하며 몸을 배배 꼬는 카미야마는 몹시 부끄러워 보였다. 아주아주 부끄러운 듯했다. ……하지만 카미야마. 저는 움직인 것조차 인식하지 못했습니다요…….

"아…… 아니…… 보였다기보다…… 느꼈다……고 할까……?"

마음의 눈으로 본 느낌…… 아니, 아니지.

분명 카미야마는 나나 하루사메의 눈에는 보이지 않는

속도로 종이봉투를 일단 벗고 다시 쓰는 초인적인 동작을 해냈으리라…….

그 결과, 머리카락 끝에 맺혔던 땀이 날아가 마치 순간 이동한 것처럼 느껴진 건가? 그런 건가……?

아니지, 이 정도만 해도 전진인가……? 전진 맞나? 전진이라면 나아갈 방향이 잘못되지 않았나……?

내가 멍하니 있자 옆에 있던 하루사메가 아쉬운 듯 아짱씨를 쓰다듬었다.

"여, 여, 역시 쓰레기나토도 갑자기는 무리네……. 나, 나도 카미야마가 움직이는 걸 인식할 수 있게 되기까지 스무 번은 걸렸으니까……."

문득 하루사메 쪽으로 시선을 보내자 눈이 새빨갛게 충혈된 것이 아닌가.

대체 얼마나 집중한 거냐……?

나는 토끼 눈이 된 하루사메에게 대답했다.

"그, 그래……. 너도 너 나름대로 노력했구나……. 그리고 그 눈은 괜찮아……?"

"아…… 아직 더 할 수 있어! 완전 괜찮아! 하, 하지만 내게는 아직 잘 안 보여서……. 겨우 움직인 걸 아는 정도야……. 그에 비해 아라이는 굉장해."

하루사메가 그렇게 말하자 아라이는 얼굴 앞에서 가볍게 양손을 저으며 쑥스러운 듯 대답했다.

"아니야, 전혀 그렇지 않아. 나도 아직 그렇게 또렷이는……. 아, 하지만 카미야마, 아까 알아챘는데 귓불에 점이 있지? 귀여워, 응응."

이 녀석은 얼마나 또렷이 보이는 거냐……?

나도 카미야마가 종이봉투를 극복하기를 바란다.

카미야마 자신을 위해…… 그리고 평화롭고 평온하고 평범한 나의 일상을 되찾기 위해.

종이봉투를 벗는 연습을 하는 필사적인 카미야마와 그것에 가담한 아라이와 하루사메. 하루사메는 눈을 그렇게 하면서까지 불평 한마디 하지 않고 함께하고 있다.

어디서 어떻게 봐도 흐뭇하고도 아름다운 우정이 느껴지는 장면인데 방향성만 절망적으로 틀린 느낌이 드는 건 어디서부터 어떻게 고치면 좋을지…….

아라이는 멍한 나를 개의치 않고 카미야마에게 말을 걸었다.

"좋았어, 다시 한번 해보자!"

"잠깐, 잠깐, 잠깐, 연습하는 건 좋은데…… 잘 설명할 수는 없지만…… 이대로라면 하루사메의 눈이……."

이래서야 카미야마의 연습이라기보다 나나 하루사메의 동체시력 훈련이 될 것 같았다.

"잠깐, 쓰레기나토! 기껏 카미야마가 연습하고 있는데 왜 방해하고 그래! 따, 따, 딱히 내 눈은 아직 괜찮단 말이야……! 이 눈과 바꿔서라도 카미야마의 동작을 포착하고 말겠어!"

하루사메는 그렇게 말하며 눈을 비볐다.

취지가 변했거든?

이대로 내버려 둘 수도 없다는 것만은 하루사메의 새빨간 눈을 보면 명백했고, 이 연습에 함께하다가는 내 눈도 금세 하루사메와 똑같아질 것이다.

어떻게든 다른 방법으로 연습하길 바랐다. 하루사메를 위해. 그리고 내 시력을 위해!

"음…… 방금 그 방법도 나쁘지 않지만, 카미야마는 우리 앞에서 한 번 종이봉투를 벗었잖아? 그러니까…… 아…… 그래. 예, 예를 들어 어두운 곳에서 벗어본다거나, 우리 이외의 사람도 있는 곳에서 벗어본다거나…… 그러는 게 더 연습이 되지 않을……까……?"

내가 말해놓고 좀 그렇지만, 어둡고 사람이 있는 곳이 어디지?

내가 내게 의문을 품고 있는데 아라이가 양손을 짝 쳤다.

"듣고 보니 확실히 맞는 말이네. 어둡고 사람이 있는 곳이라……. 그래, 수족관은 어때? 이번 일요일에 수족관에 가지 않을래? 수족관이라면 어둡고 사람도 많이 있어."

아라이가 그렇게 말하자 하루사메가 얼굴을 환히 빛냈다.

"수족관?! 가고 싶어, 가고 싶어! 저기, 아짱도 그렇게 생각하지? 응? 도, 도, 돌고래 쇼를 하는 곳이 좋다고?"

하루사메는 꽃이 핀 듯한 미소로 아짱 씨 패널을 향해 몇 번이고 고개를 끄덕였다.

문득 카미야마 쪽을 보자 흠뻑 젖은 종이봉투를 여러 차례 세로로 흔들며 아라이의 제안을 기꺼이 긍정했다.

세 사람은 이미 아직 보지 못한 수족관으로 마음이 간 모양이었다.

일요일에 수족관이라……

솔직히 휴일에까지 귀찮게 클럽활동을 하다니 내키지 않지만, 이렇게 기뻐하는 세 사람에게 찬물을 끼얹을 수도 없었다. 게다가 카미야마의 연습이라고 생각하면 그것은 나를 위한 일이기도 하다…… 아마. 아마도……!

가을바람이 포근하게 교실에 불어와 카미야마의 종이봉투를 바스락 흔드는 가운데. 우리 대화부는 연습을 위해 수족관에 가기로 했다.

■ 아라이는 또 뭔가 굉장한 소리를 한다

우리는 카미야마의 종이봉투를 벗는 연습을 위해 수족
관에 왔다.

얼마 만에 오는 수족관일까? 그렇게 생각하며 안으로 한
발 내디디자 그곳은…… 온통 푸른 세계였다.

입구로 들어가자마자 커다란……이라는 말로는 도저히
다 형용할 수 없을 정도로 거대한 수조와 그곳에서 헤엄치
는 색색의 물고기들. 우리 네 사람은 온통 푸른 세계에 압
도되었다.

"굉장해……. 아름다워……."

수조에 종이봉투를 들이대고 안을 엿보는 카미야마에게
서 작은 감탄의 목소리가 새어 나왔다.

일요일의 수족관에는 많은 사람이 북적였지만, 그것이
느껴지지 않을 정도로 어둡고 조용했다.

카미야마는 커다란 수조에 종이봉투를 들이대고 안쪽의
모습을 정신없이 바라보았다.

나도 카미야마의 옆에서 수조를 들여다보았다.

"……이건…… 굉장하다……."

나도 모르게 눈길을 빼앗겼다.

안에서는 파란색과 빨간색, 노란색의 작은 열대어가 무리 지어 다녔고, 커다란 회유어가 느긋하게 헤엄쳤다. 많은 해조류와 크기가 제각각인 바위가 놓여 있는 걸 보니 아마 자연환경을 본뜬 것이리라.

수족관 내의 희미한 조명은 물고기들이 살랑대는 수조에 반사되어 반짝반짝 푸르게 빛났다.

나는 물고기들을 바라보며 누구에게랄 것 없이 중얼거렸다.

"이렇게 넓으면 물고기들도 쾌적하겠다……."

눈앞의 수조를 보며 중얼거리자 종이봉투 속에서 카미야마의 목소리가 들렸다.

"으…… 응……. 그러게……. 모두 굉장히 자유롭게 헤엄치고 있어……."

카미야마는 종이봉투에 뚫린 두 개의 구멍을 수조에 들이대고 눈을 빛냈다.

카미야마의 옆에서 마찬가지로 눈길을 빼앗긴 하루사메도 감탄한 목소리를 냈다.

"정말이야……. 엄청나게 아름다워……."

하루사메는 마치 꼬마 숙녀가 보석 파편을 발견했을 때와 같은 눈으로 수조에 얼굴을 들이대고 안쪽의 모습에 매료되었다.

수조를 비추는 조명이 푸르게 반사되어 하루사메의 뺨

에서 살랑살랑 춤췄다.

하루사메도 저런 표정을 짓는구나…….

분명 하루사메를 모르는 사람이 본다면 평범하게 귀여운 여고생으로 보일 것이다.

마냥 순수한 얼굴로 수조를 바라보았고, 그 눈동자에는 푸른 빛이 흔들렸다.

천진난만한 미소로 수조를 들여다보는 하루사메는 어디에서 어떻게 봐도 귀여운 요즘 여고생이었다. 평범하게 있으면 친구 한둘쯤은 당장이라도 생길 텐데…… 하루사메 옆에 세워진 아짱 씨 패널에도 푸른 빛이 흔들렸다.

왜 이 녀석은 마법 소녀 패널을 데리고 다니는 걸까?

아짱 씨에게서 하루사메에게로 시선을 되돌리자 하루사메는 아까와 다르지 않은 표정으로 수조를 들여다보고 있었다.

귀여우면서도 어린아이처럼 천진난만한 미소.

내가 하루사메에게 매료되어 있는데 갑자기 뒤에서 목소리가 들렸다.

"어라? 코미나토 어디 봐? 지금 수조가 아닌 곳을 봤지?"

황급히 돌아보자 평소의 방긋거리는 미소를 지으며 아라이가 바로 뒤에 서 있었다.

"아, 아니! 따따따딱히 아닌데? 와~ 물고기가 예쁘네, 응응!"

어떻게든 꾸며대는 나를 아라이가 더욱 추궁했다.

"여긴 수족관이야. 볼 거면 수조 속을 봐야겠지…… 하지만 지금 코미나토는 수조에서 얼굴을 돌리고 하루사메 쪽을 본 것 같은데…… 물고기를 보러 온 수족관에서 하루사메를 본다는 말인즉……"

"그, 그그그그런 거 아니야. 전혀! 완전!"

양손을 얼굴 앞에서 붕붕 저으며 부정하는 나에게 덤비듯 아라이가 다가왔다.

"혹시 코미나토…… 하루사메를……"

하루사메를…… 뭐라고 하려는 걸까?

무슨 말을 하든 그건 오해에 지나지 않는다.

뭐…… 뭐, 확실히? 조금? 귀엽다고 생각하며 보던 건 사실이지만, 그 이상도 이하도 결코 아니다.

나는 꿀꺽 침을 삼키며 아라이의 말을 기다렸다.

아라이는 내 눈을 빤히 바라보았다.

비지땀을 흘리며 아라이의 말을 기다리자 얼마 뒤, 아라이가 천천히 입을 열었다.

"……하루사메를…… 어류라고 생각해?"

이상도 이하도 아니었고, 상상과도 전혀 달랐다. 무슨 착각을 한 거냐……?

내가 입을 떡 벌린 채 뭐라고 대답하면 좋을지 몰라 침묵하자 아라이는 말을 이었다.

"그래, 확실히 오늘 하루사메는 하늘하늘 세련된 차림이니 열대어처럼 보일지도 모르지만…… 잘 들어……. 코미나토, 하루사메는 인간이야."

아니, 응…… 괜찮아. 나는 그걸 알고 있어…….

하지만 확실히 오늘 하루사메는 세련된 차림이었다.

하늘하늘 짧은 치마에 조금 큰 사이즈의 파카를 걸쳤다.

양 갈래로 동그랗게 묶은 머리카락에는 짧은 리본이 달렸고, 그것이 하루사메의 움직임에 맞추어 하늘하늘 흔들렸다.

열대어라는 표현은 가히 훌륭했다.

아라이는 하루사메가 인간이라는 충격적인 사실을 내게 고하더니 만족스레 방긋방긋 웃었다.

이상한 오해라도 받으면 곤란하다. 아라이가 아라이라 다행이었다.

가슴을 쓸어내리며 다시 아라이 쪽을 보았다.

오늘의 하루사메가 열대어라면 오늘의 아라이는…… 고등학생……이었다. 나는 참지 못하고 아라이에게 지적했다.

"아…… 언제 딴죽을 걸까 했는데……. 복장 이야기가 나왔으니 일단 말해둘게……. 왜 오늘도 교복이야?"

아라이는 늘 입는 학교 지정 교복을 제대로 갖춰 입고 있었다.

하얀 양말에 라인이 들어간 치마. 하얀 블라우스 위에

회색 블레이저를 걸쳤다.

"전에 모두와 옷을 사러 갔잖아? 역시 그런 옷은 마음에 들지 않았어?"

올해 골든위크. 대화부의 연습이라 칭하며 모두 함께 쇼핑 연습을 하러 갔을 때, 아라이는 휴일에 입을 사복을 분명 샀을 터였다.

내 질문에 아라이는 처음엔 무슨 질문인지 모르는 모습으로 생각한 뒤 무언가를 깨달은 듯 깜짝 놀란 표정으로 대답했다.

"아아, 그 소리구나. 저기, 코미나토. 이건 사복이야."

"……또 사복용 교복이라고 할 거지?"

그러자 아라이는 평소의 미소를 계속 지으며 방긋방긋 대답했다.

"아니. 잘 봐, 코미나토. 아, 그래, 만져보는 게 가장 빠를지도 모르겠다. 내 옷자락을 살짝 만져봐."

그렇게 말하고 블레이저 끝을 내게 쥐여주었다.

나는 그 말에 따라 만져보았다.

손끝에 아라이의 교복이 닿은 순간, 미묘한 위화감이 느껴졌다.

겉보기에는 확실히 학교 지정 교복인데 촉감이랄까…… 감촉이랄까…… 어딘가가 결정적으로 달랐다.

"……조금…… 다르네……. 이게 뭐지……?"

내가 당황하자 아라이는 기쁜 듯 대답했다.

"응, 그러니까 이게 사복이야, 코미나토. 그때 산 옷이 아주 마음에 들어서 나중에 같은 걸 몇 벌이나 샀어."

아라이는 기쁜 듯 이야기했다.

같은 걸 몇 벌이나 산다는 발상에서는 아직 벗어나지 못한 모양이지만, 사복을 사다니 아라이도 아라이 나름대로 진보했잖아.

"그랬구나. 하지만…… 그럼 왜 오늘은 안 입었어?"

"그러니까 입고 있대도. 이게 그 사복을 일단 분해해서 교복형으로 짜깁기한 거야."

"저기…… 의미를 알고 싶지 않습니다만……."

"얼마나 힘들었다고. 일단 분해해서 짜깁고 색을 교복과 똑같이 물들이고. 어, 어때……? 어, 어울려?"

촉감이 다른 이유는 그거였구나…….

결국. 아라이는 일단 평범한 사복을 사서 그것을 분해하여 교복형으로 짜깁기한 옷을 입었다……. 그런 뜻이리라…….

이 녀석은 왜 이렇게까지 교복에…….

나는 아연실색한 채 대답만은 일단 해두기로 했다.

"……그래……? 힘들었겠……네……."

"응……. 저, 저기…… 어울릴……까……?"

아라이는 그렇게 말하며 뺨을 살며시 붉히더니 가슴 언저리의 리본에 손을 대고 눈을 올려 뜨며 물었다.

"응…… 고등학생…… 같아……."

조용하고 새파란 수족관에서 나는 그렇게 대답하는 것이 최선이었다.

언젠가 가르쳐줘야 할까? 사복이란 그런 게 아니다……라고.

"고마워……. 다행이다……."

아라이는 안도한 듯 기쁜 표정을 짓는가 싶더니 다시 평소의 방긋거리는 미소로 되돌아갔다.

"잠깐, 쓰레기나토. 그런 곳에서 물고기도 보지 않고 뭐 하는 거야! 이쪽에서…… 가, 가, 같이 봐……! 저기에 큰 오징어가 있어!"

"으, 응. 지금 갈게……. 와아…… 정말이네. 저 오징어 크다!"

아라이의 교복 사건을 큰 오징어로 머릿속에서 어렵사리 몰아내고 우리의 수족관 연습은 이제 막 시작되었다.

■ 카미야마는 마주 본다

입구에 설치된 거대한 수조를 뒤로 한 우리는 그 뒤에도 수족관 안을 둘러보았다.

수족관 안은 적당히 붐볐지만, 적당히 어둡고 이용객도 물고기들에 정신을 빼앗겨서 카미야마나 아짱 씨를 데려온 하루사메를 보고 발걸음을 멈추는 사람은 별로 없던 게 다행이었다.

……뭐, 별로 없었다는 건 길거리에 비하면 상대적으로 적었다는 표현이 옳다. 알아챈 사람은 빠짐없이 움찔하거나 본 순간에 얼굴을 홱 돌렸으니까.

아무튼 카미야마가 종이봉투를 벗는 연습을 하기 위해 찾아온 수족관이지만, 평소의 생활에서는 볼 기회가 없는 물고기가 전시되어서 나는 연습도 잊고 순수하게 수족관을 즐겼다.

게다가…….

"아짱 얼른, 얼른! 그, 그리고 카미야마도 아라이도 이쪽이야, 이쪽! 이쪽 수조에도 예쁜 물고기가 있어!"

"기…… 기다려, 하루사메…… 우와…… 정말 예쁘……다…….."

"둘 다 뛰면 위험해…… 정말이네. 이 물고기는 무슨 종류일까?"

연습을 잊은 건 나뿐만이 아니었다.

세 사람은 카미야마의 연습은 전혀 언급하지 않고 다만 눈앞의 전시에 몰두하여 들떴다.

지금은 이거면 충분할지도 모르겠다.

이렇게 평범한 고교생처럼 놀다 보면 조만간 종이봉투나 패널이 없어도 평범하게 생활할 수 있게 될지도 모르고 아닐지도 모른다. 하지만 우선 지금은 이거면 충분할지도 모르겠다. 세 사람 모두 아주 즐거운 표정으로 웃고 있으니까.

멍하니 그런 생각을 하며 세 사람의 뒤를 쫓자 모두가 한 곳에서 멈춰 서 있었다.

"왜 그런 곳에 서 있어?"

"아…… 코코코코코미나토…… 저기…… 이게…… 뭘까 하고 지금…… 모두가……."

카미야마는 그렇게 말하며 종이봉투 끝에서 바닥에 땀을 뚝 떨어뜨리더니 눈앞의 수조를 가리켰다.

"응? 그 수조에는 아무것도 없어……? 게다가…… 이상한 모양이네."

그것은 바닥에서 천장까지를 관통하는 듯한 형태의 원기둥형 수조였다.

안에 생물의 모습은 보이지 않고 다만 푸른 물로 가득 차 있었다.

수조 위와 아래를 자세히 보니 관통한 바닥과 천장 너머와도 이어져 있는 듯했지만, 그곳이 어떻게 되어 있는지 이곳에서는 잘 보이지 않았다.

이건 대체 무슨 전시지?

원기둥형의 거대한 수조를 앞에 두고 내가 생각에 잠기자 하루사메가 입을 열었다.

"이게 뭘까……? 아, 혹시……!"

"뭔가 알았어?"

"혹시 이거…… 수중 감옥 아닐까……! 분명 나쁜 짓을 한 직원을 가둬두는 거야……. 도, 도, 돈 벌기 힘들구나……."

"네 상상력은 어떻게 되어 먹은 거냐? 그럴 리가 있냐?"

하루사메의 망상은 이어졌다.

"분명 그럴 거야……. 그리고 안에 갇힌 사람이 지치면…… 수, 수조에 상어를 푸는 거지……! 지친 직원은 도망치지도 못하고——!"

악한 조직 같은 수족관이네…….

자신의 상상에 얼굴이 창백해진 하루사메를 개의치 않고 이번에는 아라이가 말했다.

"수조가 위에도 아래에도 이어져 있다는 말은…… 무언가가 이곳을 지나간다는 뜻 아닐까?"

그렇군.

어딘가 다른 수조와 이어졌기에 이곳은 말하자면 물고기들에게 통로 같은 곳일 것이다.

내가 감탄하고 있는데 하루사메가 안도하며 원기둥 수조에 얼굴을 들이댔다.

"다행이야……. 감옥이 아니었구나……. 하지만 그렇다면 뭐가 올까? 잠시 이대로 기다려보지 않을래?"

"응……! 나…… 나나나나나도 궁금해……!"

그렇게 말하며 카미야마도 수조에 종이봉투를 들이댔다.

나도 모두에 이어 수조에 얼굴을 들이대고 거대한 원기둥 수조에 무언가가 나타나기를 기다렸다.

……그러자 머지않아.

우리의 발밑, 바닥과 이어진 부분에서 땡그란 그림자가 나타났다.

하루사메가 커다란 목소리를 냈다.

"뭐, 뭔가 왔어……. 뭘까……? 아……! 바다표범! 바다표범이야, 아짱!"

수조 밑에서 새끼 바다표범이 나타났다.

몸은 새하얀 털에 뒤덮여 보기에도 복슬복슬했고, 빵실빵실 동글동글한 바다표범이 느긋하게 헤엄치며 밑에서 나타난 것이다.

우리 넷은 조용히 환호성을 지른 뒤 얼굴을 수조에 찰싹

붙이고 바다표범이 눈앞을 지나기를 기다렸다.

새하얗고 빵실빵실한 바다표범은 느긋한 동작으로 밑에서 서서히 올라왔다.

가장 먼저 바다표범과 대면한 사람은 키가 제일 작은 하루사메였다.

"귀엽다……. 만져보고 싶어……. 꽉 안아보고 싶어……."

하루사메는 바다표범이 얼굴 앞으로 오자 어린아이 같은 목소리로 기뻐했다.

다음으로 바다표범은 아라이의 얼굴 앞을 지났다.

"정말 귀엽다. 빵실빵실해서 풍선 같아."

아라이도 평소의 방긋방긋한 미소로 바다표범의 느긋한 동작을 즐겼다.

바다표범은 다시 일정한 속도로 천천히 느긋하게 올라가 내 얼굴 앞을 지났고, 이제 남은 사람은 카미야마뿐이었다.

나는 문득 카미야마는 어떤 모습으로 바다표범을 기다릴지 궁금해져서 얼굴을 들었다.

카미야마는 종이봉투를 수조에 딱 붙이고 바다표범이 눈앞을 지나가기를 이제나저제나 하고 기다렸다. 종이봉투에 뚫린 구멍에서 엿보인 커다란 두 개의 눈동자가 반짝반짝 빛났다.

분명 종이봉투 속은 꼬마 숙녀처럼 천진한 표정이겠

지…… 하고 내가 카미야마의 얼굴을 떠올리며 상상하는데 바다표범은 카미야마의 바로 옆까지 왔다.

그리고 카미야마의 얼굴 앞에 왔을 때, 어째서인지 그 움직임을 딱 멈추었다.

카미야마와 바다표범이 수조의 유리 한 장을 사이에 두고 아주 가까운 거리에서 서로를 바라보았다.

지금까지 느긋하게 일정한 속도로 헤엄치던 바다표범이 왜지?

카미야마도 같은 의문을 품었는지 정지한 바다표범을 보고 종이봉투를 갸웃거렸다.

——바다표범에게는 그것이 신호였다.

갑자기 입에서 뽀글! 하고 대량의 거품을 뿜는가 싶더니 새하얀 바다표범은 당황한 모습으로 허둥지둥 천장을 향해 엄청난 속도로 헤엄쳐 갔다.

아…… 분명 저 바다표범에게는 본 적이 없는 수수께끼의 생물이었겠지……. 그 결과가 크게 당황한 모습으로 나타난 건가……?

카미야마는 처음엔 무슨 일이 일어났는지 모르는 모습으로 어안이 벙벙했지만, 이윽고 모든 것을 이해했는지 어깨를 풀썩 늘어뜨리고 바닥에 땀을 뚝뚝 떨어뜨렸다.

나는 카미야마에게 살며시 다가가 등을 톡 두드렸다. 내 손에 축축한 땀의 감촉.

"나, 나중에 바다표범에게 사과하러 가자……. 그리고 기념품 가게에서 바다표범 상품을 사서 매상에 공헌하자……. 나도 그럴게……."

카미야마는 작게 고개를 끄덕인 뒤, 미안해, 바다표범 씨, 라고 작게 중얼거렸다.

"나도 그럴게, 카미야마! 바다표범 상품을 잔뜩 사주자."

"나, 나, 나도 마침 바다표범 인형이 갖고 싶던 참이야. 그, 그러니까 마침 잘됐어!"

아라이와 하루사메도 저마다 카미야마를 위로해주었다.

그 바다표범…… 종이봉투가 트라우마가 되지 않으면 좋겠다고 생각하며 우리는 다음 전시로 이동했다.

■ 아라이와 하루사메는 염려한다

"이제 거의 다 보지 않았어? 어디서 좀 쉬자."

바다표범을 놀랜 뒤에도 우리는 수족관 안을 구경했고, 거의 다 돌아보았다.

나의 제안에 아라이는 교복(이라는 이름의 어쩐지 알 수 없는 옷)의 가슴 주머니에서 팸플릿을 꺼내어 본 뒤, 웃으며 이렇게 말했다.

"그럼 좋은 곳이 있어. 시간도 딱이니 다 같이 갈까?"

아라이를 따라간 곳에서는 돌고래쇼장이 나타났다.

아직 아무도 없는 무대와 그것을 에워싸듯 원형으로 커다란 풀. 쇼가 시작되기까지 아직 조금 시간이 있는지 풀을 에워싸듯 설치된 무수한 좌석에는 관객도 드문드문 있었다.

확실히 이곳이라면 앉아서 쉴 수도 있고, 지금 앞 좌석을 잡아두면 쇼가 시작되었을 때 좋은 자리에서 볼 수도 있다. 아라이의 나이스 아이디어에 나는 순순히 감사했다.

우리는 맨 앞자리에 진을 치고 쇼가 시작되기를 기다리며 쉬기로 했다.

그나저나…….

나는 나란히 앉은 세 사람을 보며 조금 안도했다.

여기까지 딱히 큰 문제도 없고, 바다표범을 제외하고는 누군가에게 민폐를 끼치지도 않고 수족관을 즐겼기 때문이다. 어젯밤에는 수조 두세 개는 망가뜨려도 이상하지 않겠지…… 하고 걱정했지만, 지금까지 큰 문제는 일어나지 않았다.

카미야마도 하루사메도 만났을 때와 큰 변화는 없었다.

카미야마는 여전히 평소에는 종이봉투를 쓰고 있고, 하루사메도 아짱 씨 패널을 데리고 즐거운 듯 대화하고 있다.

하지만 이렇게 모두와 행동하다 보면 평범……하다고는 말하기 어렵지만, 그 나름대로 즐거운 고교생활을 보낼 수 있을지도 모르겠다.

나는 평범한 고교생활을 보내고 싶을 터였다.

평범하고, 평온하고, 성가시지 않고, 파도가 치지 않는 조용한 생활.

하지만 지금은 이런 것도 좋을지 모르겠다……고 생각할 수 있을 정도로는 이 클럽활동이 좋아지기도 했다. ……욕심을 말하자면, 내가 카미야마나 하루사메를 수습하지 않아도 된다면 더욱 좋겠지만……. 실제로 쇼를 보러 온 손님으로 조금씩 메워지는 좌석도 우리 주변만 텅 비어 있고…….

카미야마가 종이봉투를 확실히 벗을 수 있을 때까지 함

께하겠다는 약속도 있고, 하루사메를 어떻게 해주고 싶기도 하다.

하지만 지금은 생각해도 별수 없겠지? 특효약은 없을지도 모르겠다.

그럼 나는 무엇을 하면 좋을까——?

그런 생각을 하며 앉아 있는데 갑자기 스피커에서 커다란 음악이 나오기 시작했다.

"코……코코코코미나토…… 슬슬 시작될 모양……이야……."

종이봉투 안쪽에서 카미야마가 말을 걸었다.

응, 그래, 라고 대답하고 모두와 쇼가 시작되기를 기다렸다.

그리고 나는 아까 하던 고민도 잊고 쇼를 즐겼다.

돌고래들은 사육사와 의사소통을 하며 차례로 개인기를 선보였다.

순식간에 시간이 지나, 정신을 차리고 보니 마지막 개인기만 남아 있었다.

사육사 누나가 의미심장한 표정으로 마이크에 얼굴을 들이댔다.

"자…… 그럼 드디어 마지막 개인기입니다! 머리 위 5m 높이에 매달린 공을 제대로 터치할 수 있을까요!"

돌고래들은 사육사의 신호에 따라 원형 풀을 엄청난 속도로 빙글빙글 헤엄쳤다.

"그럼 여러분…… 제대로 터치하면 돌고래들에게 큰 박수를 부탁드립니다! 그럼……."

사육사 누나는 그렇게 말하고 목에 건 호루라기를 힘차게 불었다.

그 순간.

지금까지 풀을 빙글빙글 헤엄치던 돌고래가 쑥…… 하고 풀 속 깊숙이 잠수했다. 그러는가 싶더니 어마어마한 속도로 수면에서 튀어나왔다!

돌고래들은 물보라를 일으키며 공을 향해 점프했다.

관객들의 환호성 속, 수면에서 튀어나온 돌고래는 속도를 팍팍 높여 마지막에는 하늘 높이 매달린 공에 훌륭하게 코끝을 터치했다.

환호성이 끓어올랐다.

돌고래쇼장은 커다란 박수와 환호에 휩싸였다.

직후, 돌고래의 커다란 몸은 대량의 물보라를 일으키며 풀에 입수했다. 튄 물의 양은 제법 많았고, 맨 앞줄에서 보던 내 얼굴과 몸을 적셨다.

엄청난 압력이었다.

나는 얼굴과 몸에 튄 물을 그럭저럭 털어내고 주위의 관객 사이에 섞여 박수를 치며 문득…… 뭔가 중요한 것을 잊은 기분이 들었다. 아주 중요한 무언가를…….

불길한 예감이 들어 옆을 보자 그곳에는 흠뻑 젖어 녹은 종이봉투가 얼굴에 붙어 숨을 쉴 수 없게 된 카미야마가 있었다.

카미야마는 양손을 부들부들 떨며 목덜미를 새빨갛게 물들였다.

위험해!

그토록 대량의 물이 순식간에 튀었다. 종이봉투가 얼굴에 붙는 것도 순식간에 벌어진 일이었으리라. 숨을 들이마실 새도 없이 갑자기 호흡을 빼앗긴 카미야마.

하지만 주위에는 많은 관객이 있다. 이 자리에서 종이봉투를 벗고 교환할 수도 없다.

그렇다면 당장 이동해서…… 아니, 이곳은 맨 앞줄이다. 관객들 틈을 누비며 어딘가 사람이 없는 곳까지 걸어가는 동안에 카미야마의 산소는 아마 바닥을 칠 것이다…….

생각해라……. 어쩌면 좋지?

내가 생각하는 동안에도 카미야마의 피부는 빨간색에서 흰색으로 바뀌었고 떨리는 몸의 움직임도 서서히 잦아들었다.

젠장! 하는 수 없나……!

카미야마에게는 미안하지만, 뭣이 중헌디.

여기서는 부끄러움을 참고 많은 사람 앞에서 종이봉투

를 벗자……. 그 방법밖에 없다…….

내가 마음속으로 카미야마에게 사과하며 얼굴에 달라붙은 종이봉투에 손을 뻗으려던 그때. 두 개의 팔이 샤샥 움직였다.

아라이와 하루사메였다.

아라이는 재빨리 가방에서 접은 헝겊 같은 것을 꺼내더니 카미야마의 머리에 씌워 머리 한정 초미니 탈의실 같은 공간을 만들었다.

그것과 거의 동시에 하루사메는 아짱 씨 패널 뒤에서 무언가를 슥 떼어내더니 재빨리 펼쳐 카미야마에게 건넸다.

하루사메가 건넨 것은…… 종이봉투였다.

하지만—.

카미야마는 상황을 제대로 이해하지 못했는지 움직이려고도 않았다.

녹은 종이봉투가 시야 확보용 구멍도 막아 카미야마의 눈은 전혀 보이지 않았다.

게다가 의식도 몽롱해졌다.

그런 카미야마가 이 상황을 알아챌 수 있을까?

그러자 아라이가 내 쪽을 진지한 표정으로 보았다.

"코미나토! 카미야마에게 말을 걸어!"

말? 그…… 그렇구나!

나는 있는 힘껏 외쳤다.

"카미야마! 지금은 괜찮아! 안심하고 종이봉투를 벗어! 무슨 일이 일어났는지 모르겠지만, 나를…… 우리를 믿어!"

카미야마는 움찔 반응하는가 싶더니 양손을 간이 탈의실에 찔러넣고 얼굴에서 젖은 종이봉투를 벗겨냈다.

그리고 헉헉 어깨를 들썩여 숨 쉬며 하루사메가 건넨 종이봉투를 능숙하게 탈의실 안에서 뒤집어썼다.

카미야마의 머리에 종이봉투가 장착된 것을 확인한 아라이가 살며시 헝겊을 제거했다.

"고고고고고고고마워……. 살았……어……."

그렇게 말한 카미야마는 호흡을 정돈하며 떨리는 손끝으로 시야 확보용 구멍을 뚫었다.

어떻게든 구해낸 모양이다. 그나저나 방금 그 콤비네이션은 대체…….

나는 궁금해서 두 사람에게 질문했다.

"저기, 아라이도 하루사메도 아까 그거…… 사전에 연습이라도 했어……?"

그러자 두 사람은 고개를 가로저으며 대답했다.

"아니, 전혀. 이 사복을 만들고 남은 헝겊으로 뭔가 할 수 없을까 생각해서 만들어봤어. 무슨 일이 있을 때 편리할까 싶어서. 재봉을 좋아하거든."

아라이가 그렇게 말했다.

"나, 나, 나도…… 갑자기 필요해지면 곤란할 것 같아서…… 아짱에게 예비 봉투를 준비하라고 했어…….”

하루사메가 그렇게 말했다.

둘 다 미리 짠 것도 아닌데 각자가 카미야마를 위해 준비했던 모양이다.

호흡이 진정된 카미야마는 우리를 향해 종이봉투를 꾸벅 숙였다.

“고…… 고마워……. 나를 위해 준비해줘서…….”

“천만에, 카미야마.”

“우, 우, 우리는 친구……잖아……? 이 정도는…… 다, 다, 당연……하지……!”

방긋방긋 웃으며 대답하는 아라이와 얼굴을 새빨갛게 물들이며 대답하는 하루사메의 대비가 형언할 수 없으리만큼 이상했다.

나도 앞으로는 뭔가를 준비해둘까……? 아니, 준비를 할 게 아니라 애초에 종이봉투를 쓰지 않아도 되도록 하는 게 나을까……?

그건 그렇다 치고.

이렇게 우리는 마치 돌고래와 사육사 누나 같은 콤비네이션으로 생명의 위기를 극복했다.

■ 카미야마는 힘낸다

"즈…… 즈즈즈즈즈즐거웠어…… 코미나토……."

돌고래 쇼를 다 본 우리는 슬슬 수족관을 떠나기로 했다.

지금까지 온 길을 걸어가 이제 출입구 부근에 있는 기념품 가게만 남은 정도였다.

내게 어색하게 말을 걸고는 종이봉투를 부스럭 흔든 카미야마에게 대답하며 내게는 한 가지 신경 쓰이는 것이 있었다. 그것은 오늘 이곳에 온 목적이었다. 카미야마는 아직 아무런 연습도 하지 못했다.

모두와 함께 온 수족관은 즐거웠다. 나도 연습은 잊고 수조 속을 헤엄치는 진귀한 물고기들에게 매료되기도 했다. 세 여자의 표정을 봐도 모두 아주 밝은 미소를 지으며 즐겁다고 얼굴에 쓰여 있는 것 같았고, 분명 내 얼굴에도 그렇게 쓰여 있지 않을까? 부끄러우니 지금은 거울을 보지 말자.

그런 세 사람을 보며 나는 연습에 대해 말해도 될지 고민했다.

이유는…… 연습이 반드시 성공한다고는 보장할 수 없기 때문이다.

연습이 성공한다면 문제는 없다.

하지만 만약 실패한다면 이 즐거운 분위기에 찬물을 끼얹지 않을까? 즐거운 일에 그림자를 드리우게 되지 않을까?

분위기는 아주 사소한 계기로도 무너진다.

가령 이대로 잊은 척하고 돌아간대도 본래의 목적은 이루지 못했을지언정 그것은 그것대로 추억이 되는 하루일 터였다. 그런 날이 있어도 딱히 상관없으리라. 그러면 깜빡했다며 나중에 웃으며 말할 수 있을지도 모른다.

그것은 그것대로 좋을지도 모르겠다. 그렇다면 이대로 입을 다물자.

출구로 향하는 카미야마의 뒷모습을 보며 홀로 그렇게 생각했다.

하지만······.

문득 옆을 걷는 하루사메에게 시선을 보내자 하루사메는 아짱 씨 패널과 대화하며 내 시선을 알아채고는 조금 곤란한 듯한 미소를 지으며 가녀린 어깨를 움츠렸다.

우리가 주고받는 시선을 알아챈 아라이도 평소의 미소로······ 하지만 하루사메와 마찬가지로 조금 곤란한 미소로 미간을 찌푸렸다.

나는 눈치챘다.

두 사람 또한 같은 마음인가? 나와 마찬가지로 말을 꺼내지 못하는 건가?

그렇게 생각하며 앞을 보자 카미야마도 평소보다 발 빠르게 출구로 향하려 했다. 카미야마도 연습이 떠올랐는지 모두가 잊었을 때 즐거운 추억을 품고 이곳에서 돌아가려는지도 모르겠다.

돌아보지 않고 곧장 출구를 향해 걷는 카미야마의 뒷모습이 넌지시 그렇게 말하는 것 같았다.

그만큼 오늘이 즐거웠던 것이다. 이 분위기를 깨고 싶지 않은 마음은 뼈저리게 느껴졌다.

연습을 정말로 잊었다면 별수 없다.

하지만 모두가 지금, 이 순간에 연습을 신경 쓰는 것이라면 이야기는 별개다. 이대로 출구를 빠져나가면 반드시 후회한다.

나중에 오늘 일을 떠올렸을 때, 지금 느낀 무딘 통증이 줄곧 남게 될 것이다.

그렇다면 연습 이야기를 꺼내자.

어느 쪽을 선택해도 후회할 가능성이 있다면 연습해서 성공하는 쪽에 거는 게 좋을 터였다.

그렇게 되면 내가 할 수 있는 일은 성공 확률을 높이는 것인데…….

뭔가 좋은 방법이 없을지 주위를 살피자 내 시야에 딱 알맞은 것이 날아들었다. 저걸 쓰면 혹시…….

"……야, 하루사메, 아라이. ……잠깐 저걸 봐."

"아짱은 오늘 본 중에서 뭐가 귀여웠어? 뭐? 게? 뭐어~? 다리가 많아서 벌레 같지 않았어? 조금 징그럽다고 할까……? 나, 나 나 말이야? 나는 오징어가 좋았어. 그렇게 많은 오징어는 처음 봤을지도 몰라."

"야~아, 하루사메? 잠깐 나 좀 볼래?"

나는 하루사메와 아짱 씨 패널 사이에 억지로 몸을 끼워 넣었다.

"……미안해, 아짱. 죽은 오징어 같은 남자가 말을 걸어서 나중에 다시 이야기하자."

"내 눈은 그렇게 탁하지 않거든. 그보다 잠깐 저걸 봐……. 저걸 쓸 수 없을까?"

"탁한 건 영혼이야. 아짱의 정화의 빛에 활활 타면 돼! ……그런데 갑자기 뭐야……. 아…… 혹시 코미나토는 저걸 카미야마에게……?"

내가 고개를 끄덕이자 하루사메는 잠시 생각하는 척을 하고 고개를 끄덕였다.

"……그래, 좋을지도 모르겠다. 저걸 쓰면 혹시……."

아라이도 고개를 끄덕이며 미간의 주름을 풀었다.

"확실히 좋은 아이디어일지도 모르겠네. 그런 거라면 부비로 사도 문제없을 것 같고 좋아."

그렇게 결정되었으니.

나는 조금 앞에서 걷는 카미야마에게 여기서 기다리라

고 말하고 기념품 가게에서 그것을 사서 금세 되돌아왔다.

내가 손에 든 것을 본 카미야마는 고개를…… 아니, 종이봉투를 갸웃거리며 물었다.

"코…… 코코코코미나토…… 그게, 뭐뭐뭐뭐뭐야……?"

나는 카미야마에게 그것을 내밀었다.

"자, 받아. 우리가 네게 주는 선물이야. 여…… 연습용이라고 생각해. 괜찮으면 써볼래? 지금 여기서."

내가 카미야마에게 건넨 것. 그것은 이 수족관의 마스코트인 백상아리 샤군이라는 캐릭터를 본떠 얼굴에 폭 뒤집어쓸 수 있는 인형이었다.

깜찍하게 캐릭터로 만든 상어가 크게 입을 벌린 디자인은 머리를 폭 덮게 되어 있었다.

풀페이스 헬멧을 인형으로 변형한 듯한 모양이고, 눈 부근이랄까, 코 부근이랄까, 샤군의 크게 벌린 입에서 그것을 쓴 사람의 얼굴이 나오는, 어떻게 보면 사람이 상어에게 잡아 먹힌 듯한 캐릭터 상품이었다.

샤군의 위아래 턱에서 들쭉날쭉한 이빨이 나와 어느 정도 얼굴을 가려주고, 잘 정리해서 쓰면 얼굴의 중심이 약간 밖으로 나오는 정도로 시선과 입가를 가릴 수 있다.

물론 종이봉투보다는 더 노출이 많고, 본래는 머리에 무언가를 쓰는 시점에 주목의 표적이 되는 일은 면할 수 없다.

하지만 내게는 승산이 있었다.

"코…… 코코코코미나토…… 이거, 쓰라……고……?"

나는 당황한 카미야마를 걱정시키지 않도록 최대한 밝은 목소리로 대답했다.

"그래, 오늘의 목적은 연습이잖아? 종이봉투보다 노출이 많은 그거라면 연습이 될 거야. 게다가……."

여기까지 말한 나는 주위의 모습에 시선을 보냈다.

카미야마도 덩달아 주위를 둘러보았다.

"……게다가 그것과 같은 걸 쓴 사람이 제법 있으니까. 눈에 띄지 않고 연습할 수 있을 거야."

수족관에 온 손님 중에는 드문드문…… 주로 아이가 많지만 샤군을 뒤집어쓰고 걷는 사람도 있었다. 주위에 똑같은 걸 쓴 사람이 있으면 눈에 띄지 않고 평소보다 많은 노출 연습을 할 수 있다. 그렇게 생각했다.

건네받은 샤군을 보던 카미야마는 한동안 생각에 잠기는 모습이었지만, 나나 하루사메나 아라이의 모습을 보더니 크게 고개를 끄덕였다.

"여…… 여여여여여연습…… 말이지……! 여긴, 연습하러 와…… 왔으니……까……! 계속 말을 꺼낼 수가 없어서…… 만약 실패해서 즐거운 분위기를 망치면 어떡하나 싶어서 말을 꺼낼 수 없어서……. 하지만 연습……해야겠지……! 모두 고마워……. 나…… 쓰고 올게……!"

카미야마는 그렇게 말하고 통로 구석에서 우리에게 등

을 진 채 종이봉투를 벗었다.

땀으로 촉촉하게 젖은 검은 머리카락이 흔들리며 머리카락 끝에서 땀방울이 바닥에 뚝 떨어졌다. 그리고 샤군을 뒤집어쓰고 이빨이 돋은 위아래 턱이 꽉 닫히도록 정리하고는 우리 쪽으로 돌아보았다.

"어…… 어어어어어어어……때……! 어어어어어어얼굴! 괜괜괜괜괜괜찮……아……?"

부끄러운 듯 몸 앞에서 양손을 깍지 끼며 몸을 좌우로 흔드는 카미야마.

샤군의 입속에서 얼굴을 내민 카미야마는 코끝이 살짝 보이는 정도로 눈과 입은 거의 가려져 있었다.

표정은 거의 보이지 않아도 몸 전체에서 부끄럽다고 호소하는 듯했다.

그 증거로 옷자락에서 떨어지는 땀의 양도 평소보다 많았다.

부끄러운 듯 몸을 배배 꼬는 카미야마는 커다란 가슴도 동시에 좌우로 흔들려 다른 의미로 주위의 주목을 받았는데…….

나는 부끄러워하는 카미야마를 보며 웃었다.

"그래, 거의 보이지 않고…… 의외로 잘 어울려."

내가 대답하자 카미야마는 휴 하고 크게 숨을 내쉬며 커다란 가슴을 쓸어내렸다.

옆에서 보던 아라이나 하루사메도 저마다,

"응응, 그거라면 여기서는 전혀 눈에 띄지 않아서 좋지 않을까?"

"노, 노, 노력했구나, 카미야마! 아주 좋아!"

그렇게 카미야마의 노력을 인정했다.

그리고 한동안 여자 셋은 이 수족관 연습이 잘된 것에 손을 맞잡고 기뻐했다. 수족관 안에서 서로를 칭찬하며 들뜬 세 사람.

그런 세 사람을 보며 나는 무심결에 스마트폰을 꺼내어 찰칵 사진을 한 장 찍었다. 모두가 이렇게 즐거우면서도 노력한 날을 남겨두고 싶다. 그렇게 생각했기 때문이다.

머지않아 하루사메가 툭 내뱉었다.

"⋯⋯하지만 이제 수족관에서⋯⋯ 돌아가야 하지⋯⋯? 기껏 잘됐는데⋯⋯."

그러고 보니 우리는 이제 돌아가려던 참이었던가?

하루사메의 발언에 다른 두 사람도 어깨를 축 늘어뜨렸다.

기껏 즐거운 하루가 이렇게 어두워지기를 바라지 않았다. 성가시지만⋯⋯ 여기서는 별수 없나? 나는 실망한 세 사람에게 한 가지 제안을 했다.

"⋯⋯그럼 한 번 더 돌아볼까? 이번에는 연습으로. 아까 놀란 바다표범에게 사과하러 가고도 싶고."

내가 그렇게 말하자 세 사람은 꽃이 핀 듯한 미소를 지었다.

이렇게 우리는 다시 한번 수족관을 돌아보았다.

두 바퀴를 돈 우리가 출입구를 지나 밖으로 나왔을 때는 완전히 저녁 시간이 되어 있었다.

폐관 직전의 수족관 밖에는 인적도 드물었다. 하늘은 저녁노을로 가득했다.

나는 샤군의 입에서 얼굴을 내밀고 있는 카미야마 쪽을 보았다.

"어땠어? 조금은 연습이 됐을까?"

카미야마는 샤군을 위아래로 움직이더니 상어 입속에서 떨리는 듯 목소리를 냈다.

"으…… 응! 종이봉투보다 얼굴이 나와서…… 그…… 부…… 부…… 부끄러웠지만……. 하지만 나 말고도 쓰고 있는 손님도 있어서…… 그래서…… 그래서……."

카미야마는 거기까지 말하고 우리에게 꾸벅 머리를 숙였다.

"모두 고마워…… 정말로……. 나…… 나나나나나나, 더욱더 노력할게……! 노력할 거야……!"

그렇게 고마워하지 않아도 되는데.

"아니야, 오늘은 이러려고 왔잖아? 서두르지 말고 천천히 하자, 천천히. 알았지?"

내 말에 하루사메도 뒤를 이었다.

"가, 가, 가끔은 코미나토도 좋은 말을 하네. 맞아, 카미야마⋯⋯. 오늘은 굉장했어. 아~아⋯⋯ 나, 나, 나도⋯⋯ 나도 노력해야겠어⋯⋯."

아라이가 카미야마에게 다가가 등에 손을 턱 얹었다.

"괜찮아, 카미야마. 두 사람이 말한 대로 오늘 연습은 대성공이야!"

아라이는 그렇게 말하고 빙긋 웃었다.

"고마워⋯⋯ 코미나토도 아라이도 하루사메도⋯⋯."

카미야마는 그렇게 말하고 샤군의 입속에서 아주 기쁜 듯 방긋 웃었다.

적당히 지친 저녁의 길 위. 나는 오랜만에 아주 조금이지만 카미야마의 얼굴을 볼 수 있어서 기뻤다.

기쁘게 생각하는 내 옆에서 아라이가 툭 내뱉은 혼잣말이 들려왔다.

"그럼 연습도 끝났으니 다음에는 뭘까? 연습이 끝나면 다음은⋯⋯ 시합⋯⋯ 그래, 연습 시합이 좋을지도 모르겠다, 응."

아라이는 방긋방긋 평소처럼 웃었지만, 무슨 말을 하는지는 모르겠거나 알고 싶지 않은 나는 못 들은 것으로 했다.

나는 아라이의 발상이 폭주하기 전에 화제를 돌렸다.

"뭐⋯⋯ 뭐어, 오늘은 연습이 잘돼서 다행이야. ⋯⋯그럼 다 같이 집에 갈까!"

이렇게 우리의 수족관 연습은 최고의 결과로 막을 내렸다.

하루사메와 연습 시합

kamiyama-san no
Kamibukuro no
naka niha

■ 코미나토 나미토는 상식에 대해 생각한다

진정해…… 진정해라, 코미나토 나미토.

나는 지금부터 무슨 말을 하려는 건지 잘 생각해라──.

이곳은 방과 후의 가사실습실. 나는 가사실습실 앞에 서서 그 안을 둘러보았다. 눈앞에는 카미야마와 아라이, 게다가 하루사메…… 그리고 모르는 여자가 수명.

그녀들을 앞에 두고 나는 지금 다시 한번 상식에 대해 생각해 보았다.

내가 지금부터 하려는 말은 과연 올바를까……?

하지만 전혀, 아예, 조금도 자신이 없었다.

도움을 구하듯 아라이 쪽을 힐끗 보자 방긋거리는 미소를 보내주었다.

괘, 괜찮……겠지……? 나는 틀리지 않았겠지……?

나는 다시 한번 모두를 둘러보고 천천히 입을 열었다.

"저……기. 그럼 모두 준비는 되셨나요……?"

내 말에 맞추듯 대화부 여자 셋은 모두 진지한 표정과 종이봉투로 고개를 끄덕였다.

그녀들의 표정을 보자 내가 이제부터 하려는 말도 틀림

없다는 생각이 들었다.

……하지만.

대화부의 세 사람과는 대조적으로 가사실습실의 커다란 테이블을 사이에 두듯 마주한 네 여자는 고개를 끄덕인다고도, 갸웃거린다고도 할 수 없을 정도로 살짝 움직이며 명백하게 곤혹스러운 표정을 지었다.

괘, 괜찮지 않은 거지? 내가 틀린 거지!

내가 두 그룹의 얼굴을 견주어보며 아무 말도 하지 못한 채 있자 아라이가 평소의 방긋거리는 미소로 내게 말을 걸었다.

"왜 그래? 코미나토, 어째 굳었는데 시작해도 괜찮아."

"아…… 아아, 아니…… 어째 괜찮을까…… 싶어서, 아하하…….."

그러자 아라이는 양손을 몸 앞에서 꽉 쥐었다.

"괜찮아, 코미나토. 자신감을 가져!"

나왔다. 아라이의 근거 없는 '괜찮아'.

뭐, 뭐어…… 여기까지 왔으니 이제 '이다음 대사'를 말할 수밖에 없는 것은 알고 있다. 다만 조금…… 내 양심이…… 상식이…… 이다음 말을 방해해서…….

나는 방과 후의 가사실습실에 모인 여자들의 얼굴을 다시 한번 보며 닫히려던 입을 열었다. 용기를 내. 그만 포기하고.

"그럼…… 아…… 지금부터…… 대화부와 조리부의 **이색 연습 시합**을 시작합니다!"

내가 결심하고 시합 개시를 외치자 대화부 쪽에서는 커다란 환호성이, 대화부의 맞은편에 있는 조리부의 네 명에게서는 아, 네……라는 식의…… 어쩐지 그런 느낌의 중얼거림이 들려왔다.

이리하여 대화부와 조리부, 그 연습 시합이 이제 막 시작되었다!

……그런 행동을 저지르고 만 나의 상식이 발밑부터 흔들흔들 흔들려 당장이라도 붕괴할 것 같지만…… 그것을 어떻게든 막으며 왜 이렇게 되었는가 하는 이유를 눈앞에서 바삐 요리를 시작한 여자들을 보며 멍하니 떠올렸다.

……계기는 어제 아라이가 한 한 마디였다.

"연습 시합을 하자."

아라이가 또 무슨 말인가 했다.

"아…… 아라이, 지금 뭐라고 했어?"

"연습 시합이라고, 코미나토. 못 들었어? 요전번에 수족관에 갔을 때도 말했잖아? 슬슬 그런 시기라고 생각해."

그런 시기라니…….

마치 당연한 말을 하듯 평소의 방긋거리는 미소를 짓는 아라이에게 나는 대답했다.

"아니, 듣기는 했지만……. 잠깐 기다려. 우리는 대화 연습을 하는 특별활동부잖아? 시합이라니 무슨 뜻이야?"

그러자 아라이는 역시 평소의 방긋거리는 미소로 태연히 말했다.

"우리도 이래저래 몇 달을 활동해서 조금은 대화가 능숙해졌다고 생각해. 요전번의 수족관 연습도 잘했으니 슬슬 우리의 실력을 시험하기에 좋은 기회가 아닐까?"

어떻게 이 사람은 방긋거리는 표정을 무너뜨리지 않고 이런 말을 할 수 있을까? 오히려 무섭다. 아니, 그냥 무섭다.

우리는 대화부다. 본래의 활동 내용은 대화 연습을 해서 다른 사람과의 의사소통 능력을 높이는 것이다. 카미야마나 하루사메가 클럽활동을 통해 평범한 고교생활을 보낼 수 있게 되고, 나아가 나의 평온하고 무사한 일상을 되찾고 싶다는 희망적인 측면도 있다.

그런 클럽활동부에서 연습 시합?

애초에 다른 학교에는 대화부 같은 클럽활동부는 없을 테고, 가령 있다고 해도 시합을 할 수 있을 리가 없다. 게다가 무엇보다 연습 시합이라니 귀찮기 그지없다.

나는 어디서부터 바로잡아야 할지 망설였지만, 여기서는 하나씩 꼼꼼히 따지자.

"몇 가지 문제가 있는 것 같은데, 잘 들어."

"뭐든 말해봐."

"우선 시합이라면 우리 말고 누군가와 겨룬다는 뜻……
맞지? 그, 그렇다면 상대는…….

상대는 어떻게 하게? 내 말이 채 끝나기도 전에 아라이
의 입이 움직였다.

"그거라면 걱정하지 마. 이미 상대는 찾아뒀어."

그렇군. 아라이도 제법 만만치 않다.

그렇다면 다음 수를 쓰겠다.

"그, 그럼 다음으로…… 우리는 대화부지? 대화부가 시
합이라니 전혀 모르겠…….

모르겠어. 역시 내 말이 채 끝나기도 전에 아라이가 입
을 움직였다.

"그것도 걱정하지 마. 이미 방법도 생각해뒀어."

으, 응…….

여기까지 내다봤을 줄이야.

이 수단은 쓰고 싶지 않았지만 어쩔 수 없다…….

나는 결심하고 마지막 수단을 쓰기로 했다.

"그렇구나……. 하, 하지만 연습 시합은 보통 휴일에 다
른 학교에 가서 하는 이미지가 있는데 휴일까지 클럽활동
을 하는 건 귀찮…….

……이미 알겠지?

내가 그 말을 끝까지 마칠 수는 없었다.

"아하하, 그것도 걱정하지 마. 코미나토는 걱정이 많네. 다 내게 맡기면 돼. 괜찮아, 괜찮아."

그 괜찮다는 말에 불안밖에 느껴지지 않는데 괜찮을까요……?

나는 다 죽은 눈으로 우리의 이야기를 조용히 듣고 있던 카미야마와 하루사메를 힐긋 보았다. 그러자 그곳에는 연습 시합이라는 단어에 눈을 반짝반짝 빛내는 두 사람이 있었다.

"나, 나, 나도 연습 시합을 해보고 싶……달까? 매지컬 몰살 플레어의 위력도 시험해보고 싶고!"

"그것도 괜찮아, 하루사메."

아라이가 말했다.

그것도 괜찮냐?

"나…… 나…… 나도…… 그…… 시합을 해본 적이 없어서……. 해…… 해보고 싶어……. 하지만 조금 불안하기도……. 저기…… 그…… 괘…… 괘괘괘괜찮을……까……!"

연습 시합이라는 말에 긴장했으리라. 카미야마는 때마침 손에 들고 있던 마시다 만 페트병을 꽉 쥐었다.

그 순간.

카미야마의 힘찬 악력이 가해진 페트병이 손안에서 파열되었다. 안에 든 녹차가 카미야마의 몸에 튀어 교복을 적셨다.

카미야마는 멍하니 몸에 튄 녹차 방울을 털어냈다. 그것을 본 하루사메가 살며시 카미야마에게 손수건을 건네는 옆에서 아라이는 방긋방긋 웃으며 입을 열었다.

"그것도 괜찮아, 카미야마. 그런 느낌으로 문제없어."

바, 방금 그것도 괜찮은 거냐?!

연습 시합에 꿈과 희망을 부풀리는 세 사람을 보며 생각했다.

뭐가 어떻게 되는 건지 모르겠다……. 모르겠지만, 사고나 부상에는 주의하자……. 진심으로…….

……여기까지가 어제 클럽활동에서 일어난 일이다.

대화부 대 조리부의 연습 시합.

우리 대화부도, 그리고 초면인 조리부 부원도 현재로서는 평범하게 요리에 전념하고 있는 모양이다.

이대로 요리를 해준다면 문제는 일어나지 않을 것 같지……?

조금 안심하며 문득 옆을 보자 그곳에는 조리부원 한 명이 서 있었다.

"오늘은 불러줘서 고마워. 저기, 코미나토……랬나? 아라이가 제안해줬을 때는 합동 훈련이라고 들었는데…… 연습 시합……? 뭐, 뭐든 함께 하면 즐거운 법이지."

조리부 여자는 그렇게 말하며 내게 밝은 미소를 지었다.

가녀린 몸에 어깨까지 오는 세미쇼트 흑발. 동그란 눈에 얇은 입술. 쾌활하고 밝은 인상을 주는 여학생이었다.

나는 조리부의 밝은 여자에게 대답했다.

"그쪽은 미쿠모랬나? 아…… 어째 미안하네. 일이 이렇게 돼서. ……그보다 아라이 녀석, 합동 훈련이라며 제안했구나……. 시합에 관한 건 나도 전혀 몰랐어……. 오늘은 일단 잘 부탁할게."

"응. 미쿠모야. 미쿠모 린나. 우리야말로 잘 부탁해, 코미나토. 그나저나……."

미쿠모는 그렇게 말하며 가사실습실 안을 둘러보았다.

"대화부는 꽤…… 뭐랄까……? 개성적?"

미쿠모의 감상도 지당했다.

종이봉투를 뒤집어쓰고 땀에 흠뻑 젖은 카미야마와 마법 소녀 패널을 데려온 하루사메는 미쿠모를 비롯한 조리부의 평범한 여자들에 비하면 적잖이 개성적일 것이다.

얼핏 보면 멀쩡하고 반장까지 맡은 아라이에게 합동 훈련을 하자는 제안을 받아 흔쾌히 승낙했는데 막상 나타난 부원이 이 모양이었을 때 조리부원들의 심경이야 꽤 심란하지 않았을까? 게다가 나는 "시합을 시작합니다!"라고…… 말했고…….

당연히 시합에 관한 이야기가 된 줄 알았는데.

내가 입을 다물고 있자 미쿠모는 다시 기운을 내서 말

했다.

"그런데 시합이라니? 뭔가를 하기도 하나? 요리 대결 같은? 그런 거면 열심히 할 거야~."

그렇게 말하고 팔을 걷어붙이며 즐겁게 웃는 미쿠모.

"나도 잘 모르겠어."

"아하하, 그렇구나, 그랬어. 하지만 함께 요리하고 싶다……고 이해하면 되겠지?"

"아…… 그런 느낌이지 않을까? 아마도. 이상한 일에 끌어들여서 어째 미안하네."

"아니야, 그런 거라면 우리 조리부는 언제든 환영이야. 여하튼 올해 만든 클럽활동부라서 아직 네 명밖에 없고, 요즘 매너리즘에 빠진 것 같던 참이었어. 그러니 오늘처럼 재미있는 일은 환영이야! 봐, 모두 즐겁게 요리하고 있잖아."

미쿠모는 그렇게 말하며 쾌활하게 웃더니 조리부원에게 시선을 옮겼다. 미쿠모의 시선 끝을 따라가자 그곳에는 조리부 여자가 세 명. 왁자지껄 즐거운 듯 요리에 힘쓰고 있었다.

그런 미쿠모를 보며 나는 어느 감정이 끓어오르는 것을 느꼈다.

지금 이렇게 미쿠모와 나누는 대화.

미쿠모와 조리부원들의 태도나 행동.

화기애애하게 요리에 전념하는 부원들.

가을도 깊은 방과 후의 가사실습실에 조리도구 소리와 즐거운 대화가 울려 퍼지는 평온한 시간.

이것은── 평범하다!

이 오아시스 같은 느낌은 뭘까……?

혹시 내가 이 학교에서 처음으로 만난 평범한 사람은 아닐까?

나는 나도 모르게 기뻐져서 미쿠모와 대화를 이어갔다.

"조리부도 올해 생겼구나. 실은 우리도 그래."

"와~ 너희도? 아직 인원이 적어서 늘 다들 좀 적적하다고 얘기해. 너희도 네 명이야? 그럼 적적하지?"

평범하다……. 평범한 대화다…….

카미야마나 하루사메도 누가 됐든 이 정도의 대화를 할 수 있다면 조금 더 멀쩡한 고교생활을 할 수 있을 텐데.

너무나도 평범하며 지나치게 평범한 보통의 대화에 나는 감동마저 했다.

"어째 좋다……. 평범한 대화……."

"응? 무슨 소리야?"

오랜만에 나누는 평범한 대화를 천천히 곱씹으며 미쿠모에게 대답했다.

"아, 아니야, 혼잣말이야……. 저기, 우리는 딱히 적적하지는 않으려나?"

"그래? 소수 인원이 더 편안하다는 사람도 있으니까. 나는 많은 게 더 시끌벅적해서 좋지만, 그런 것도 어렴풋이 이해는 돼."

내 말을 들은 미쿠모는 밝게 고개를 끄덕이며 그렇게 대답했다. 여기에는 멀쩡한 말의 티키타카가 있었다.

"그러고 보니 코미나토는 왜 대화부에 들어갔어? 여자들 사이에 남자가 한 명 있다니 보기 드문 일인 것 같은데."

왜 대화부에 들어갔냐고?

내가 이곳에 있는 이유는 어쩌다 보니 그렇게 되었다고 할까…… 내가 평범한 학교생활을 보내기 위해서다.

"아…… 말하자면 긴데, 평범한 고교생활을 보내고 싶어서……려나?"

"……평범……?"

미쿠모는 나와 대화부의 세 사람을 견주어보며 고개를 갸웃거렸다.

그야 그런 반응도 나올 테지…….

말이 너무 부족했나…… 하고 생각하는데 나와 미쿠모의 평범한 대화는 평범하지 않은 대화로 인해 감쪽같이 사라졌다.

"이, 이, 이것 봐……. 어둠에 자리 잡은 괴물 채소들……! 나와 이 아짱의 마법으로 썰어주마!"

하루사메는 그렇게 말하고 식칼을 든 채 도마 위에 놓인 채소들을 내려다보았다.

"자…… 우선 누구부터 상대해줄까……? 응? 아짱은 감자가 좋아? 그럼 나는 이 당근을——."

하루사메는 자신의 옆에 놓인 마법 소녀 아짱 씨와 즐겁게 대화를 나누며 채소를 조리하기 시작한 모양이었다.

나와 미쿠모가…… 그리고 자세히 보니 조리부 여자들까지도 요리하는 손을 멈추고 모두 말을 잃고 있는데 하루사메의 뒤. 조용히 서 있는 카미야마의 모습이 눈에 들어왔다.

아무래도 뭘 하면 좋을지 모르는 모습이었다.

그런 카미야마를 알아챈 아라이가 말을 걸었다.

"아, 그래. 카미야마는 나중에 쓸 접시를 가져와 줄래?"

"으…… 으…… 으으으으으으으으으으응!"

카미야마는 온몸을 땀으로 흠뻑 적시고 가사실습실 바닥에 뚝뚝 땀방울을 떨어뜨리며 대답하더니 종이봉투를 어색하게 좌우로 흔들며 식기장을 찾았다.

이윽고 식기장을 발견한 카미야마는 오른손과 왼발을 동시에 내미는 걸음걸이로 장에 다가갔다. 그 모습은 전에 없이 어색했다.

그 모습을 본 아라이가 툭 내뱉었다.

"큰일이네……. 카미야마…… 첫 시합이라 긴장했어……. 이대로라면 평소의 실력을 발휘하지 못할지도 몰라……."

세 사람 모두 한 번에 그러기냐……? 이제 어떻게 딴죽을 걸어야 할지도 모르겠다…….

대화부의 모습을 보던 미쿠모가 내 쪽을 향해 의아한 듯한 표정으로 물었다.

"저기, 코미나토…… 평범한 거야……?"

미안해, 미쿠모. 내게 묻지 말아줘.

하지만 표현하기는 좀 그렇지만, 아라이의 말도 지당했다.

첫 시합이기 때문인지는 모르겠지만, 카미야마는 평소보다 더 긴장한 모양이었다. 관절이 없는 듯 삐걱거리는 걸음걸이로 식기장까지 다가갔다. 당연히 걸어간 뒤에는 땀의 흔적이 남았다.

미쿠모와 나란히 카미야마의 동향을 눈으로 좇자 식기장 앞에 선 카미야마는 긴 팔을 부들부들 떨며 장에 천천히 뻗어 접시를 집었다.

"……아."

종이봉투 속에서 카미야마의 가냘픈 목소리가 나는 동시에 카미야마의 떨리는 손에서 접시가 떨어졌다.

평소보다 더 긴장하여 땀을 잔뜩 흘린 카미야마의 손도 당연히 땀으로 흠뻑 젖었을 것이다. 젖은 손과 긴장하여 떨리는 팔로는 접시를 제대로 집을 수 없었던 모양이다.

카미야마의 손에서 떨어진 접시는 나와 미쿠모가 지켜보는 가운데 낙하하여 바닥에 격돌했다.

큰 소리를 내며 접시가 깨졌다.

나와 미쿠모는 동시에 아…… 하고만 겨우 목소리를 냈다.

하지만—— 카미야마는 여기서 물러서지 않았다.

내가 깨진 식기를 치우려고 카미야마 쪽으로 다가가려는 순간. 카미야마가 움직였다.

카미야마는 흠뻑 젖은 몸에 힘을 팍 주더니, 좋았어…… 하고 종이봉투 속에서 작게 중얼거렸고 재차 접시 집기에 도전하기 시작한 것이다.

접시로 뻗은 떨리는 손.

카미야마의 손에 집혀 땀에 미끄러지며 바닥에 떨어진 접시.

도자기가 깨지는 소리.

움찔하는 우리.

다시 결심하는 카미야마.

……식기장 앞에 서서 그 안에 있는 접시를 한 장씩 꺼내고는 한 장씩 바닥에 떨어뜨리는 키 180cm가 족히 넘고, 종이봉투를 뒤집어썼으며, 온몸이 축축하게 젖은 카미야마.

그 모습은 마치 식기에 원한이 있는 유령이 장 속의 접시를 한 장씩 바닥에 떨어뜨려 깨뜨리는 듯했다.

접시가 깨지는 소리 말고는 하루사메와 아짱 씨의 대화만이 울려 퍼지는 가운데. 카미야마는 총 여섯 장의 접시를 훌륭하게 깨뜨렸다.

나는 작게 한숨을 쉰 뒤, 카미야마의 발밑에 흩어진 도자기 파편을 치우며 그녀에게 다가가 등을 톡 두드렸다.

"미…… 미…… 미안해……. 저기…… 땀에…… 미미미미미미미끄러져서……. 소…… 손이……! 손이 말이지……! 젖어서……!"

"아니야…… 괜찮아……. 다치지 않아서 다행이야……. 내가 치울 거고 나중에 우리 부비로 변상할게……."

내가 그렇게 말하자 카미야마는 어깨를 축 늘어뜨리며 아라이 쪽으로 터벅터벅 돌아갔다.

나는 대강 청소를 마치고 어안이 벙벙한 미쿠모에게 돌아가 대화를 재개했다.

"미안해. 민폐를 끼쳤네……. 그래서…… 그게, 무슨 얘기를 하다 말았지……?"

"저기…… 너희들은…… 그……. 늘 이래……? 카미야마나…… 하루사메나……."

"아, 응……. 그래………. 대개 늘 이런 느낌………이려나……?"

"그렇……구나……."

"그……래……."

영혼 없는 눈으로 대답한 내게 미쿠모는 더 이상 아무 말도 하지 않고 나와 눈을 마주치며 다만 조용히 고개를 끄덕이고 한마디 했다.

"열심히…… 살아……."

멀어져간다. 평범함이 멀어져간다…….

우리 대화부와 미쿠모네 조리부. 그 이색 연습 시합은 이제 막 시작된 참이었다.

■ 하루사메는 요리를 한다

열심히 살라는 말을 들은 뒤, 나와 미쿠모는 조리부의 요리에 참여하기 위해 부원들에게 돌아갔다.

뭔가 도울 일이 있을까? 그렇게 생각하며 아짱 씨 패널을 옆에 두고 식칼을 한 손에 든 채 채소와 격투를 벌이는 하루사메에게 말을 걸었다.

"……그런데 요리는 순조로워? 나도 뭔가 할게."

"뭐, 뭐, 뭐야, 쓰레기나토. 방해되니 저리 가……. 지, 지, 지금부터 나랑 아짱이 이 어둠의 채소들을 몰살할 테니까……."

"가능하면 빛의 채소 쪽이 먹고 싶네……. 그나저나 뭐야? 의외로 잘하네. 집에서도 요리해?"

나도 모르게 솔직한 감상이 입 밖으로 나왔다.

하루사메의 앞에 즐비한 채소가 모두 깔끔하게 다듬어져 있었기 때문이다. 아까부터 들려오던 불안하기 그지없는 언동과는 정반대로 하루사메가 자른 채소를 보니 평소에도 제대로 요리를 했다는 걸 알 수 있었다.

평소 하루사메의 이미지로는 상상도 할 수 없는 훌륭한 완성도에 내가 감탄하고 있자 쑥스러운 듯한 얼굴로 하루사메가 대답했다.

"지, 지, 집에서도 제법 요리를 하니 이 정도라면…….
그런데 뭐, 뭐, 뭐야! 내, 내, 내가 요리할 줄 아는 게 뭐가
이상해?"

"아, 아니, 딱히 그런 게 아니라 좀 의외였을 뿐이
야……. 그러고 보니 요전번에 끓여준 차도 맛있었고……
너 의외로 가정적이구나."

하루사메는 펑 소리가 날 정도로 순간 얼굴을 새빨갛게
물들이며 내게서 얼굴을 돌렸다.

"무, 무, 무슨 소리야……. 이, 이 정도는 여자라면 당연
하지! 따, 딱히 너를 위해 한 것도 아니거든!"

"나를 위한 게 아닌 건 당연하지. 무슨 소리야. 왜냐하면
이건…… 연습 시합……이잖아? 나도 잘 모르겠지만……."

그러자 내 말을 들은 하루사메는 깜짝 놀란 표정을 지
었다.

"그, 그랬지……. 이거…… 연습 시합이지……. 그럼……
이대로는 위험하겠네……."

"뭐가 위험해?"

"둔하기는……. 그러니까 네가 코미나토라고 불리는 거
야……. 모르겠어? 이대로라면…… 우리는 이기지 못할지
도 몰라……. 조리부를 좀 봐……."

"내 성을 멸칭처럼 쓰지 마. 상처받으니까……. 그런데

135

조리부가 왜?"

하루사메의 말대로 조리부원들의 모습을 보자 이 짧은 시간에 이미 두 개나 완성한 상태였다.

이 짧은 시간이란, 카미야마가 접시를 깨고, 하루사메가 어둠의 채소들에게 죽음을 선고했을 정도의 시간이다. 미쿠모를 중심으로 부원들이 모두 왁자지껄 즐겁게, 보란 듯이 화기애애하게 요리에 전념한 결과의 정당한 성과물이 그녀들의 앞에 가득했다.

한편 이쪽은 하루사메의 앞에 다듬은 채소가 있을 뿐, 아직 아무것도 완성하지 못했다.

대화와 요리의 대결이라니 애초에 승부 방법조차 모르겠지만, 가령 그것이 요리 대결이라고 한다면 현시점에 승부는 저쪽으로 기울었으리라.

나는 얼굴이 파랗게 질린 하루사메에게 말했다.

"아…… 뭐, 저쪽은 조리부이니 능숙한 게 당연할 테지. 안달 낼 필요는 없지 않아? 우리는 우리가 할 수 있는 걸 하자."

그러자 하루사메는 내 얼굴을 빤히 보더니 작은 턱에 손을 대고 무언가를 생각하기 시작했다.

"그, 그, 그래……. 코미나토도 가끔은 좋은 말을 하네……. 내가 할 수 있는 일…… 할 수 있는…… 일……."

"그래, 할 수 있는 일을 하자. 그러고 보니 뭘 만들지 아직 못 들었는데, 그 다듬은 채소들을 어떻게 할 거야?"

내가 하루사메에게 질문하자 하루사메는 지금까지의 고민이 해결된 듯 밝은 표정으로 대답했다.

"할 수 있는 일……이라. 고마워, 코미나토. 마음의 응어리가 풀어진 느낌이야!"

하루사메는 그렇게 말하며 미소 지었다.

나는 특별한 말을 하지 않았다. 하지만 당연할지라도 이렇게 누군가에게 지적받고서야 처음으로 깨닫게 되는 일도 있다. 여하튼 하루사메가 후련해진 모양이라 다행이다……라고 이때의 나는 생각했다.

……하지만 이것이 큰 오산이었다.

하루사메는 휴 하고 짧게 숨을 내뱉더니 이쪽을 진지한 표정으로 바라보았다.

"오늘을 위해 준비한 게 있었어. 생각나서 다행이야……! 내가…… 내가 할 수 있는 일. 나는…… 이 채소들을──."

하루사메는 거기서 일단 말을 끊고 눈앞의 먹음직스럽게 다듬은 채소에 시선을 보내고 단숨에 말했다.

"이 채소들을…… 마법의 힘으로 정화하겠어! 그것이 나와 아짱에게…… 우리 마법 소녀에게 부여된 사명인걸!"

내가 깨닫길 바랐던 것은 그런 게 아니다……. 그보다 뭐가 어떻게 된 거냐?

알 수 없는 사명에 눈을 뜬 하루사메는 진지한 얼굴로

서서히 커다란 냄비를 들더니 가스레인지에 얹고 불을 켰다. 그리고 유려한 동작으로 그곳에 기름을 담았다.

화력은 최대. 커다란 냄비는 이내 달궈졌고, 냄비에 담긴 황금색 기름에서 보글보글 작은 방울이 솟아나기 시작했다……. 하지만 하루사메는 전혀 가스레인지의 불을 줄이려 하지 않았다.

"……이, 이봐, 너무 뜨거운 거 아니야……?"

"조용히 해……. 지금 중요한 순간이니까……."

너무나도 진지한 하루사메의 박력에 나도 모르게 입을 다물었다.

……이윽고 기름이 담긴 냄비에서 뭉게뭉게 하얀 연기가 피어오르기 시작하자 하루사메는 도마를 들고 냄비를 향해 외쳤다.

"지, 지, 지금부터 우리의 마법을 보여줄게! 각오해!"

지금 우리가 하는 일은 마법이 아니라 요리일 텐데……?

게다가 하루사메는 또 하나 불안한 소리를 했다.

우리들. 우리들이라는 말인즉…….

하루사메는 옆에 놓여 있던 아짱 씨 패널 뒤에 숨더니 아짱 씨의 뒤에서 살며시 도마를 냄비 위로 가져가 뜨겁게 달궈져 뭉게뭉게 하얀 연기가 피어오르는 냄비 속에 모든 재료를 과감히 투입했다.

──순간.

커다란 냄비 속에서 불기둥이 치솟았다!

고온으로 달궈진 기름에 수분을 머금은 채소가 들어가 순식간에 냄비에 불이 붙은 것이다.

"잠깐, 하루사메! 불이! 불이 붙었어!"

"바, 바, 받아라, 어둠의 채소! 이것이 나와 아짱의 합체 마법! 더블 매지컬 몰살 플레어다!"

그렇게 말하며 아짱 씨 패널을 방패 삼아 불꽃이 활활 치솟는 냄비 앞에 계속 세워두는 하루사메.

냄비도 걱정이고 아짱 씨도 걱정이었다.

하루사메 녀석, 아짱 씨를 저렇게 방패로 쓰다니 어떻게 된 거야?

나는 참지 못하고 외쳤다.

"하루사메! 너…… 왜 그래! 아짱 씨는 친구 아니었어?!"

그러자 하루사메는 의기양양한 얼굴로 대답했다.

"오늘을 위해 아짱에게 특수한 마법 도구를 장착했어. 그런 것도 모르다니 멍청미나토로구나……. 잘 봐……!"

하루사메의 말을 듣고 시선을 보내자 불꽃과 불과 몇 센티미터 떨어진 곳에 세운 아짱 씨지만, 그 몸은 전혀 타지 않았다. 평소에는 훤히 드러난 종이 표면에 오늘은 두툼한 비닐이 붙어 있었다.

"하루사메…… 너…….."

"내가 무방비한 아짱을 불꽃에 내밀 리 없잖아? 잘 봐.

이게 우리가 어제 준비한 강화내열비닐(특수 마법 도구)이야! 만에 하나의 때를 대비해서 준비했는데, 설마 이런 식으로 도움이 될 줄이야…….”

냄비에서 치솟는 기름과 불꽃이 아짱 씨를 덮쳤지만, 내열비닐을 몸에 두른 마법 소녀는 그런 공격을 개의치 않고 어둠의 채소들을 묻어버렸다.

고맙다, 마법 소녀. 이것으로 세계 평화가 지켜졌어…… 라며 현실 도피를 할 때가 아니잖아!

나는 가까이에 있던 냄비 뚜껑에 손을 뻗은 뒤 위에서 살짝 덮어 불을 껐다.

“잠깐, 쓰레기나토! 뭐 하는 거야! 지금 어둠의 채소들을 완전히 숯으로──.”

이 녀석…… 오늘의 취지를 완전히 잊었구나…….

하루사메는 나와 아주 근접한 거리까지 얼굴을 들이대고 소리쳤다.

나는 하루사메의 어깨를 꽉 잡은 뒤 이성을 잃고 눈앞의 적을 섬멸하는 데만 사로잡힌 하루사메를 타일렀다.

“진정해……. 하루사메…… 쓰러뜨리는 것만이 평화로 가는 길은 아니야……. 우리가 지금 지켜야 할 것은 세계 평화가 아니라…… 맛이지……. 그리고 안전 같은 것이야.”

하루사메는 이 말을 듣고 냄비로 시선을 보냈다.

“마, 맛……?”

하루사메의 시선 끝에 있는 냄비 바닥에는 연기에 휩싸여 까맣게 탄 채소들이 있었다.

다행히 어둠의 채소들은 방어력이 높았던 모양인지 아주 조금 표면이 그을린 정도라 어떻게든 쓸 수는 있을 것 같았다.

■ 카미야마는 요리를 한다

냄비에서 피어오르는 하얀 연기를 밖으로 내보내기 위해 창문을 열고 돌아오자 세 사람이 이야기를 나누고 있었다.

"고마워, 하루사메. 덕분에 채소가 볶아졌네. 그럼 내가 여기에 물을 넣고 살짝 끓일게."

아라이는 그렇게 말하고 냄비에 물을 받았다.

하루사메는 아라이의 뒤에서 걱정스레 들여다보았다.

"괘, 괘, 괜찮을까……? 나도 모르게 정신이 팔려서……."

그렇게 말하며 걱정스레 냄비를 보는 하루사메의 머리 너머로 나도 냄비를 엿보았다. 조금 그을리기는 했지만, 딱히 문제없이 쓸 수 있을 것 같았다.

"이 정도는 괜찮을 거야. 게다가 약간의 실수라면 문제없지 않을까? 왜냐하면 이건…… 아…… 연습 시합……이잖아? 연습에는 실수가 따르는 법이야."

"그, 그, 그럴……까……? 나는…… 과했지……? 아짱에게 기름이 튀면 큰일이라고 생각해서 준비했을 뿐인데 나도 모르게…… 이성을 잃고……."

하루사메는 어깨를 늘어뜨렸다.

괜히 낙담해서 더 이상 무슨 일을 저질렀다가는 큰일이라고 생각한 나는 튄 기름으로 더러워진 아짱 씨의 특수 마법 도구(표면의 비닐)를 행주로 닦으며 하루사메를 달랬다.

"걱정하지 마. 불도 금방 껐고, 게다가…… 아…… 조금 그을리는 게 더 맛있을 때도 있잖아? 나는 너희가 뭘 만드는지 모르니 뭐라고 말할 수는 없지만."

"그, 그, 그건 완성된 후의 즐거움으로 남겨야 하니 아직 네게는 비밀이야! 하, 하, 하지만…… 고마워……. 괜찮다면…… 다, 다행이야…….

"응, 분명 괜찮을 거야. 아마도."

내가 아라이처럼 근거 없이 괜찮다고 말하자 하루사메는 조금 안심했는지 안도한 미소를 지었다.

옆에서는 아라이가 냄비에 물을 다 받고 다시 가스레인지에 얹어 불을 켜고 있었다.

"그럼 이제부터 간을 하며 끓일게. 나는 저쪽에서 밥을 지을 테니 코미나토와 카미야마는 그쪽에 있는 사과 껍질을 깎고 적당한 크기로 잘라서 갈아줄래?"

아라이가 방긋거리며 손가락으로 가리킨 곳에는 새빨간 사과 두 개가 은색 볼에 담겨 있었다.

나와 카미야마는 알았다고 대답하고 사과를 하나씩 집었다.

하지만…… 나는 그 이상 어떻게 하면 좋을지 몰랐다.

일률적으로 사과 껍질을 깎는대도 평소에 전혀 요리하지 않는 나는 어디서부터 어떻게 손을 대면 좋을지 몰랐다.

텔레비전에서는 능숙하게 슥슥 한 줄로 껍질을 깎는 모습을 본 적이 있지만, 직접 해본 적은 없었다.

시험 삼아 왼손에 힘을 꽉 주어 사과를 쥐고 오른손에 든 과도 날 끝을 새빨간 껍질에 댔다. 아삭한 감촉이 과도를 통해 오른손에 전해졌다.

이, 이러면 되나……?

기억을 더듬어 과도를 껍질 안쪽에 미끄러뜨리며 동시에 사과를 회전시켰다. 그러자 빨간 껍질은 10cm 정도의 길이가 되자 아래로 뚝 떨어져 과육과 멀어졌다. 주워들어 보자 껍질에는 제법 두꺼운 과육이 남아 있었다.

텔레비전에서는 쉽게 하던 것도 직접 해보면 의외로 어려운 법이다.

하지만 어려워도 의외로 즐거운 작업일지도 모르겠다.

연습 시합이 도대체 뭔가 했는데, 이렇게 내게도 처음 경험하는 것이 있으니 확실히 연습이 맞는지도 모르겠다.

나는 계속해서 사과에 과도를 댔다. 이번에는 아까보다 조금 길게 껍질을 깎았다.

이것은 상당한 집중력이 요구되는군…….

평소에 요리하지 않는 내게 익숙지 않은 칼을 다루는 것만으로도 상당히 긴장되었지만, 이것은 나름대로 재미있는 작업이었다.

과도를 껍질에 대고 신중하게 미끄러뜨리며 이따금 두꺼운 껍질이 뚝 떨어지면 다시 이어서 과도를 댔다. 이 작업을 몇 번 반복하여 그럭저럭 절반 정도 깎았을 때, 옆에서 나와 함께 사과 껍질을 깎는 카미야마의 상황이 궁금해졌다.

"으아~ 처음 해봤는데 꽤 어렵네. 카미야마는 어때? 잘되고 있어?"

"저…… 저기…… 저기……."

옆을 보자 카미야마는 이미 왼손에 아무것도 들고 있지 않았다.

내가 고전하는 사이에 카미야마는 이미 다 끝낸 걸까?

하루사메와 마찬가지로 카미야마도 의외로 가정적인가?

"뭐야? 벌써 끝났어? 나는 아직 이만큼밖에 못 했어. 무슨 요령이 있으면 가르쳐줬으면 좋겠는데."

그렇게 말하며 서투르게 깎인 두꺼운 껍질을 집어 보여주었다.

카미야마는 이쪽에 시선을…… 아니, 종이봉투를 향하더니 중얼거렸다.

"저, 저저저저저기…… 나는…… 껍질이…… 없어서……."

껍질을 얇게 깎을수록 잘 깎는 거라고 생각한다. 하지만 껍질이 없다니 무슨 뜻일까?

"저기…… 그게…… 껍질이랄까…… 과육이랄까…….."

카미야마는 오른손에 과도를 든 채 그렇게 중얼거리더니 손 근처의 볼로 시선을 옮겼다. 나도 덩달아 시선을 옮겼다.

그곳에는 마치 고급 믹서라도 사용한 듯 깔끔하게 짠 사과색 주스가 첨벙첨벙 소리를 내고 있었다.

내가 악전고투하는 동안에 이미 깔끔하게 껍질을 깎고 가는 작업도 마친 걸까? 하지만…… 자세히 보니 아까까지 사과를 들고 있던 카미야마의 왼손에서도 땀이 아닌 무언가가 뚝뚝 떨어지고 있었다.

"아아…… 카미야마…… 혹시……."

"저저저저저저기…… 나…… 나는…… 사과 껍질, 깎아 본 적이 없어서……! 그래서 열심히 해야겠다고 생각해서……. 생각해서…… 그래서……!"

커다란 몸을 꿈틀거리며 종이봉투를 새빨갛게 물들이는 카미야마.

나는 일단 사과를 놓았고, 텅 빈 내 왼손을 벌린 뒤 다음 말과 동시에 그것을 쥐었다.

"혹시…… 이렇게…… 꽉! 맞아……?"

대답 대신 종이봉투 끝에서 땀이 뚝 떨어졌다.

안 그래도 쉽게 긴장하는 카미야마가 칼을 처음 쥐고 도전한 결과, 평소보다 몸에 힘이 들어갔으리라.

——일련의 사건을 뒤에서 지켜본 하루사메는 후에 이 때의 일을 이렇게 말한다.

『사과가 마치 순간이동한 것처럼 순식간에 사라졌어……. 대신에 손에서 주스가 나와서…… 처음에는 무슨 일이 일어났는지 몰랐지만, 알아챘을 때…… 순간적으로 호흡이 멎었지…….』

카미야마의 손에서 신선한 사과주스가 떨어지는 가운데. 다만 멍하니 아까까지 사과였던 볼 속의 내용물을 바라볼 수밖에 없는 우리에게 밥을 다 지은 아라이가 돌아왔다.

"아, 벌써 갈았어? 역시 일 처리가 빠르다니까, 카미야마! 고마워."

"아…… 저기…… 이, 이거면…… 될까……?"

"응. 엄청 곱게 갈았네. 고마워, 카미야마. 역시 카미야마야."

아라이의 이 말을 들은 카미야마는 안도한 모습으로 커다란 가슴을 쓸어내렸다.

나는 안도한 카미야마에게 말을 걸었다.

"다…… 다행이다! 결과만 좋으면 됐지."

"으…… 응! 그러……게……. 결과만 좋으면…… 된 거야. 아…… 호, 혹시 괜찮다면 코미나토 것도…… 내가, 할까……?"

그렇게 말하며 종이봉투 속에서 밝은 목소리를 낸 카미

야마는 내가 어설프게 자르다 만 사과를 보며 말했다.

"아, 아아아아아니, 이, 이건 내가 할게! 괜찮아! 연습이니까!"

나는 황급히 사과를 들고 열심히 과도를 움직였다.

만약 그 장면을 내가 봤다면 뭔가…… 제대로 설명할 수 없지만…… 오늘 밤 커다란 바이스에 뭉개지는 악몽을 꿀 것 같았다.

■ 아라이는 요리를 한다

"휴~ 그럭저럭 껍질은 깎았어……. 다음은 갈면 되지?"

나는 그럭저럭 사과 껍질을 다 깎고 아라이에게 물었다.

"응, 갈아서 이 냄비에 넣어줘."

아라이는 가스레인지 앞에 서서 국자를 빙글빙글 휘저으며 평소의 방긋거리는 미소로 말했다.

"……영차…… 이제 끝났다. 자, 넣는다."

나는 아라이의 옆에 서서 방금 간 사과와 카미야마가 주스로 만든 사과를 냄비에 넣었다.

냄비 속에서는 아까 하루사메가 몰살한 볶은 채소들이 아라이가 넣은 고기와 함께 보글보글 끓고 있었다.

이미 어느 정도의 간은 마쳤는지 냄비에서 피어오르는 수증기는 좋은 냄새를 풍겼다. 그곳에 내가 사과를 넣자 단숨에 냄새가 풍성해졌고, 동시에 식욕을 부추겼다.

"오, 어째 맛있는 냄새가 됐어."

"그렇지? 이렇게 사과를 넣으면 숨은 맛을 내지."

그렇게 말하며 방긋방긋 웃는 아라이에게 아까부터 궁금하던 것을 물었다.

"좋은 냄새가 나는 건 좋지만, 이건 뭘 만드는 거야? 아

149

까 하루사메에게 물어보니 완성된 뒤의 즐거움으로 남긴
다던데 아직 비밀이야?"

그러자 아라이는 잠시 생각에 잠기는 모습을 보인 뒤,
역시 평소의 미소를 지으며 말했다.

"으~음, 이제 슬슬 알게 될 테니 코미나토에게도 말해
도 되려나? 우리가 만드는 건 카레야."

그렇게 말한 아라이는 테이블 밑에서 카레 루를 꺼냈다.

"그랬구나. 그냥 평범한 메뉴잖아? 가르쳐줘도 됐을 텐데."

"아하하, 미안해. 오늘 어떤 메뉴로 싸울지 미리 셋이서
상의했어. 그랬더니 카미야마도 하루사메도 모두 카레가
좋다더라고."

"싸우다니……. 하지만 딱히 그건 그것대로 비밀일 필요
는 없지 않아?"

"으~음…… 그건 그렇지만……. 아, 마무리는 코미나토
에게 부탁하려고 해. 루를 넣어줄래? 그걸 넣고 한소끔 끓
이면 완성이야."

"응? 아아, 알았어. 그런데 왜 카레를 비밀로……."

그렇게 말하며 나는 문득 떠올렸다.

그러고 보니 처음 클럽활동부에서 자기소개했을 때, 모
두의 앞에서 좋아하는 음식은 카레라고 말한 적이 있었
지? 아까 아라이가 한 이야기에서 짐작건대, 오늘은 나를
위해 카레를 골랐을 것이다.

여하튼 만들 거면 내가 좋아하는 메뉴를 만들어서 기쁘
게 해주고 싶다. 그것도 가능하면 서프라이즈로. 하루사메
가 비밀로 한 데는 그런 의도도 있을 것이다.

나는 그것이 솔직히 기뻤다.

기뻐진 나는 다시 오늘의 과정을 떠올리며…… 어떤 사
실을 깨달았다.

오늘, 이 요리. 생각해 보면 우리를 통솔한 사람은 아라
이였다.

하루사메에게 채소를 볶는 지시를 내린 사람도 아라이.

카미야마에게 사과를 부탁한 사람도 아라이.

그리고 요리를 하지 못하는 내게도 뭔가 돕도록 루를 넣
는 간단한 지시를 한 사람도 아라이였다.

게다가 오늘 미쿠모네와 연습 준비를 해준 사람도…….

하루사메가 그렇게 아짱 씨를 이용하여 볶거나, 카미야
마가 그렇게 사과를 갈거나, 각각의 주특기 분야를 살릴
수 있도록 배치해 주었는지도 모른다.

그러고 보니 아라이는 웃으며 괜찮다고 했지……?

각자가 주특기 분야를 살려 요리하고 그것이 좋은 방향
으로 굴러가면 본인의 자신감으로 이어진다. 자신감이 붙
으면 평범한 행동에 좋은 영향을 미치고 우리 대화부의 목
적인 대화도 매끄럽게 할 수 있게 될지도 모른다.

혹시 아라이는 거기까지 생각해서…….

어쩌면 연습 시합이라는 것도 아라이 나름대로 모두의 의욕을 고취할 방법이었을지도 모르겠다…….

냄비에 넣은 루를 섞으며 옆에서 가만히 냄비를 보는 아라이에게 감사했다.

"어쩐지…… 고마워. 아라이는 오늘 일을 여러모로 생각했구나……."

아라이는 내가 아니라 냄비에 시선을 맞추며 대답했다.

"아니, 전혀 아니야. 코미나토도 미안해. 갑자기 연습 시합이라니 난감했지?"

"아니, 그거라면 전혀 아니야. 앞으로도 내가 할 수 있는 일이라면 협력할게. 카미야마도 이걸로 조금은 자신감이 붙으면——."

붙으면 좋겠다. 내 말이 채 끝나기도 전에 아라이는 냄비를 보고 방긋방긋 웃으며 말했다.

"하루사메의 마법과 카미야마의 힘…… 이 둘을 합치면 조리부를 이기는 것도 무리는 아니라고 생각해……. 그리고——."

어라? 내가 아까 한 상상과 뭔가 어긋나지 않았나?

"잠깐 기다려, 아라이……. 어라……? 이것저것 생각한 게 아니야?"

"응? 생각했는데? 이기는 방법을."

아무래도 이야기가 맞물리지 않는 모양이다. 아라이는

계속 말을 이었다.

"알겠어? 생각해 봐, 코미나토. 하루사메가 고화력으로 볶으면 그만큼 맛에 깊이가 커지겠지? 게다가 사과는 곱게 갈면 갈수록 좋다고 하니 카미야마에게 부탁했어. 내가 노린 대로 둘 다 훌륭하게 완수해줬지. 이제…… 남은 건 내가 해외에서 수입한 7종의 향신료를 이용해서 지은 특제 샤프란 라이스 위에 얹으면 조리부에게 이기는 일도 어렵지는 않을 거야!"

내가 생각했던 것과 전혀 다르다……. 역시 여느 때와 같은 아라이였다.

이때의 아라이는 더 이상 냄비 따위는 보지 않았다.

냄비 쪽을 향해 평소의 방긋거리는 표정을 짓기는 했지만, 그녀가 보는 것은 승리뿐……. 그런 얼굴이었다.

멍하니 냄비를 휘젓는 내게 갑자기 아라이가 외쳤다.

"코미나토! 지금이야! 냄비의 불을 꺼! 더 끓이면 채소가 흐물흐물해지기 일보직전일 테니까!"

"으, 응……."

나는 그 말대로 가스레인지의 불을 끄며 생각했다.

이 녀석은 지금 수입했다고 말했지……?

■ 코미나토 나미토는 승패를 고한다

"아, 코미나토 쪽도 완성됐어? 이쪽은 벌써 끝났으니 다 같이 먹자."

미쿠모는 그렇게 말하며 밝은 미소를 지었다.

우리가 그럭저럭 카레를 만드는 동안 조리부 쪽은 따끈 따끈한 쌀밥, 훈훈한 수증기가 피어오르는 된장국, 맛이 잘 밴 듯한 고등어 된장찜, 그릇에 정성스레 담긴 오이초 절임을 멋지게 완성했다. 게다가 그것들을 하나의 상에 얹 어 흡사 일식 정식과도 같은 분위기가 감돌았다.

보기만 해도 모든 음식이 맛있을 듯했다.

방과 후이기도 해서 1인분의 양을 조절해서 담은 배려까 지 했다.

우리가 채소와 씨름하고 사과를 소멸시키는 동안, 미쿠 모네는 시종일관 화기애애한 분위기 속에서 이것들을 착 착 완성한 것이다. 과연 조리부다.

이리하여 요리를 마친 대화부와 조리부는 미쿠모의 선 창에 맞추어 잘 먹겠다는 인사를 하고 각자 자신들이 만든 요리에 입을 대기 시작했다.

"오…… 이거 맛있네!"

카레를 한 입 먹은 내가 감상을 말하자 불안한 표정으로 이쪽을 살피던 카미야마와 하루사메의 얼굴……과 종이봉투가 환하게 밝아졌다.

"다…… 다…… 다행이다……. 사과를 뭉갰을 때는 어쩌나 싶었는데…… 맛있었다면…… 다……다행이야……."

그렇게 말하고 안도한 표정을 지은 카미야마는 오른손으로 숟가락을 움직여 카레를 푸고 왼손으로 종이봉투 끝을 살짝 들어 올려 숟가락을 찔러넣었다.

"다, 다, 당연하지! 우리가 만들었으니 맛있는 게 당연하잖아! 하, 하, 하지만…… 저, 정말로…… 맛있어……? 내, 내, 내가…… 잘 만들었어……?"

카미야마의 옆에서 하루사메는 그렇게 말하며 불안한 표정으로 내 눈을 빤히 바라보았다.

"엄청 맛있어. 이런 카레라면 매일 먹고 싶을 정도야."

나는 우리가 직접 만든 카레의 솔직한 감상을 하루사메에게 말했다.

그러자 하루사메는 갑자기 얼굴을 새빨갛게 물들이는가 싶더니 고개를 숙이고, 안 그래도 작은 그 몸을 동그랗게만 뒤 부끄러운 듯 눈을 치뜨고 내 쪽을 올려다보았다.

"저, 정말이야……? 그렇구나……. 그럼, 가, 가, 가끔은 코미나토네 집에 만들러 가줄 수도 있어. 아, 무, 물론 아짱도 같이!"

"그건 고맙지만, 우리 집에서 몰살 플레어는 참아줬으면 좋겠네……."

우리 집 주방에서 활활 타오르는 냄비를 상상한 뒤 그것을 머리에서 떨쳐내며 대답했다.

카미야마도 하루사메도, 그리고 아라이도. 모두 웃으며 우리가 직접 만든 요리를 먹었다.

하루사메의 마법과 카미야마의 악력을 봤을 때는 어떻게 될까 싶었던 이 연습 시합도 이렇게 완성된 요리가 맛있으니 보람이 있는지도 모르겠다.

내가 그런 생각을 하는데 갑자기 옆에 와 있던 미쿠모가 말을 걸었다.

"코미나토네는 카레구나. 우리는 고등어 된장 정식을 만들었으니 다들 괜찮으면 맛 좀 봐! 자, 이건 아라이 거, 카미야마랑 하루사메 것도 있어."

그렇게 말하며 평평한 접시에 담긴 채 달콤한 김이 나는 고등어 된장찜을 우리 앞에 놓았다.

"오, 고마워, 미쿠모."

"그 대신…… 코미나토네 카레도 나눠줘. 아니, 사실 대화부 부원들이 요리하는 동안 계속 그쪽에서 좋은 냄새가 나서 궁금했어. 시판 루를 사용한 게 아니야? 향신료 향기가 엄청나!"

이것에는 아라이가 대답했다.

"카레는 시판 루지만…… 봐! 이 샤프란 라이스! 완성도가 끝내줘! 아직 많으니 먹어봐!"

그렇게 말하며 황금색으로 빛나는 쌀을 자랑스레 든 아라이에게 미쿠모는 감탄의 목소리를 냈다.

"우와! 이건 또 엄청 본격적이네……! 그럼 사양하지 않고 먹어볼게."

미쿠모의 이 목소리를 계기로 대화부와 조리부는 서로의 요리를 맛보았다.

조리부의 요리는 모두 맛있어서 역시 본업에는 당해낼 수 없다는 걸 깨닫기도 했다.

맛있는 요리를 앞에 두었기 때문인지는 모르겠지만, 평소에는 제대로 대화를 하지 못하는 카미야마나 하루사메도 어느샌가 조리부 부원들과 섞여 대화하거나 때로는 미소를 짓기도 했다.

……물론 평범한 사람이 보기에는 아직 어색할지도 모르겠지만. 그래도 두 사람은 어색하게나마 즐거운 듯 조리부 부원들과 깊은 교류를 나누는 모습이었다.

모두가 즐겁게 서로의 요리를 먹고, 이야기꽃을 피우는 가운데. 카미야마가 툭 내뱉었다.

"어쩐지 이런 것도, 즈…… 즐겁네…… 코미나토……."

나는 카레를 입에 옮기며 고개를 끄덕였다.

카미야마는 내 쪽으로 종이봉투를 향하더니 종이봉투에

뚫린 구멍을 통해 진지함 속에 불안이 섞인 듯한 눈동자로 나를 빤히 보았다.

"바…… 반 친구들과도…… 이…… 이이이이이렇게 친해지고 싶……어. 그럴 수 있을……까……?"

이렇게 대화부원 외의 사람과도 접할 수 있다면 언젠가 누구와도 제대로 대화할 수 있게 될지도 모른다. 오늘은 그 첫걸음이었을지도 모르겠다.

"응, 조만간 분명 그렇게 될 거야. 분명히."

내가 그렇게 대답하자 카미야마의 눈동자에서 불안이 사라지고 대신에 결의와도 같은 것이 깃든 것 같았다.

"그……래. 나는 노력할게……! 아, 참, 코미나토……."

카미야마는 다시 내 쪽을 향하더니 이번에는 조금 짓궂은 목소리로 이런 질문을 했다.

"저기, 코미나토…… 그러고 보니 오늘은…… 여, 연습 시합……이었지……?"

"아…… 그러고 보니 그런 말을 하고 시작했던가……?"

연습 시합이라고 말하며 시작한 이 합동 연습. 하지만 서로의 요리를 먹고 즐겁게 대화를 하다 보니 그런 것은 까맣게 잊어버렸다.

"오…… 오늘은…… 어느 쪽이 이긴 것 같아……?"

그렇게 질문한 카미야마의 목소리는 어쩐지 기쁜 듯했다. 종이봉투 속에서는 분명 만족스레 미소 짓고 있지 않을까?

나는 카미야마 쪽을 향해 지금 내가 생각하는 것을 솔직히 말했다.

"글쎄⋯⋯. 승패라면 이미 정해지지 않았을까⋯⋯? 왜냐하면──."

내가 그렇게 말하며 모두의 방향으로 시선을 보내자 카미야마도 그것을 따랐다. 우리의 시선 끝⋯⋯ 그곳에는 대화부와 조리부가 모두 함께 웃으며 대화하는 모습이 있었다.

"오늘은 모두가 승자야."

"그⋯⋯ 그래⋯⋯. 응, 모두 승자⋯⋯야⋯⋯!"

카미야마는 그렇게 말하고 몇 번인가 고개를 끄덕이며 내 쪽으로 방향을 바꾸더니 기쁜 듯 어깨를 움츠렸다.

우리 대화부의 첫 연습 시합. 승패의 결과는 모두가 승자였다.

하루사메와 문화제

kamiyama san no
Kamibukuro no
naka niha

■ 코미나토 나미토는 분투한다

아…… 저기…….

지금 엄청나게 바쁘니 상황만을 간략하게 설명하자면…….

나는 지금 사람이 북적이는 교실에서 양손에 대량의 야키소바를 들고 메이드복 차림으로 우왕좌왕하고 있다. 죽고 싶다. 아니, 죽기 전에 이 대량의 야키소바를 저쪽 테이블에 가져가야 한다……. 아니, 차라리 메이드복을 입은 채 맨발로 도망치는 게 편할……까……? 그래, 멀리 가자. 나를 아는 사람이 없는, 어딘가…… 먼 곳…….

하지만 멀리 가기 전에 화장을 지워야 한다……. 화장은 어떻게 지우는 거지……?

"여기요, 메이드 씨. 주문해도 될까요?"

현실 도피를 할 때가 아니다.

"아…… 네, 네에, 지금 갑니다."

익숙지 않은 미소를 안면에 장착한 나를 부르는 목소리에 대답하며 목소리가 난 쪽으로 얼굴을 돌리자 그곳에는 미쿠모가 있었다.

미쿠모 린나. 조리부의 부장이자 나와 같은 1학년. 내가 아는 사람 중에서는 유일한 상식인이자 나의 오아시스!

그런 그녀가 나의 이런 모습을 보며 필사적으로 웃음을 참는…… 아니, 참기는커녕 나를 놀리는 듯한 미소로 히죽거리며 나를 불렀다. 보지 마……. 이런 나를 보지 마……!

양손의 야키소바를 주문받은 테이블에 옮긴 나는 미쿠모가 앉은 자리로 서둘렀다. 왜냐하면…… 이것이 지금의 내게 부여된 일이기 때문이다.

"어, 어서 오세요, 주인님……. 아아, 그…… 주문하시겠습니까?"

"와, 코미나토. 그 옷 잘 어울린다~. 그래서 주문 말인데, 그래……."

미쿠모는 놀리는 듯한 미소를 지으며 주문했다.

"그럼 심쿵심쿵 하트 낙서가 딸린 러브러브 야키소…… 크흡…… 아하하하하, 안 되겠어. 못 참겠어."

미쿠모는 뿜으며 양손으로 입을 덮었다.

"우, 웃지 마! 나도 엄청 창피한 걸 참고 있단 말이야!"

"미안, 미안. 하지만 정말 잘 어울려. 메이드복 차림. 그건 그렇고…… 코미나토네 반은…… 한마디로 말해서 카오스 아니야? 뭐더라? 야키소바 메이드 여장 카페……였나? 왜 이렇게 된 거야?"

"아아…… 내게 묻지 마……. 진범은 따로 있어……."

"……진범?"

죽은 눈으로 대답한 내게 미쿠모가 고개를 갸웃거리자 이쪽 테이블에 다가온 여자가 한 명 있었다. 방긋방긋 미소를 지으며 말을 걸었다.

"안녕, 미쿠모. 우리 반에 와줘서 고마워."

진범(아라이)이다.

"야호~ 아라이. 와~ 엄청난 성황이네. 이렇게 손님이 모인 반도 좀처럼 없지 않아?"

미쿠모는 그렇게 말하며 교실을 둘러보았다.

우리 1학년 1반 교실 안에 빼곡하게 늘어선 좌석은 이미 만석이었다. 손님이 북적이는 좌석 사이를 나와 똑같이 메이드복을 입은 남자들이 야키소바를 한 손에 들고 뛰어다녔다. 모두 팔랑팔랑하고 나풀나풀한 메이드복을 입고 얼굴에는 화장까지 한 채 손님의 주문에 응대했다.

밖에는 아직 자리가 나기를 기다리는 행렬이 있었지만, 어디까지 이어졌는지 확인할 시간도 없을 정도로 나는 다만 눈앞의 손님을 해결하는 데 필사적일 수밖에 없었다.

대성황인 교실 안을 보고 아라이가 방긋방긋 웃었다.

"고마워. 하지만 덕분에 아주 힘드네."

아라이의 미소에 미쿠모가 질문을 포갰다.

"저, 저기, 아라이…… 왜 이 반은 이런 걸 하기로 했어……?"

지당하다. 지극히 지당하고 평범한 감각의 질문이었다.

학급의 일원인 나조차 왜 이렇게 되었는지 이해하지 못하니까.

아라이는 역시 방긋방긋 웃으며, 마치 아침에 일어나면 좋은 아침이라고 말하는 거라고 이야기하듯 태연히 대답했다.

"모두의 의견을 취합한 결과 이렇게 됐어."

"아…… 1학년 1반, 괜찮은 거야……?"

"괜찮아, 미쿠모."

반은 괜찮을 겁니다. 아라이가 괜찮은지 어떤지는 저도 모르겠습니다…….

확실히 아라이가 지금 한 말은 틀리지 않았다.

왜 이렇게 되었느냐. 이유는 이렇다…….

문화제에서 무엇을 할지 결정할 때, 누군가 말했다.

"일일 식당을 하면 되지 않아? 야키소바 같은 걸 팔면 재미있을 것 같아."라고.

또 다른 이가 말했다.

"메이드 카페 재미있지 않아?"라고.

그리고 또 다른 이가 말했다.

"조금 특이한 재미를 얻고 싶어. 여장 카페라든지"라고…….

모두의 의견을 취합하던 반장 아라이는 평소의 미소로 고개를 끄덕이며 의견을 듣고 있었고, "좋아, 그럼 다 섞자.

괜찮아"라고 말했다. 웃으며.

……이리하여.

남자가 메이드복을 입고, 하필이면 화장까지 하고 손님에게 야키소바를 대접하는, 아주 기묘한 야키소바 메이드 여장 카페가 탄생했다.

게다가 메이드 카페다움을 추구하여 야키소바 위에 케첩으로 글씨를 쓰거나 맛있어 보이는 하트 마크를 그리는 등 의문의 서비스도 하여 이상한 짓을 하는 반이 있다는 입소문이 퍼졌고 결과는 대성황이었다.

하지만 대성황인 데는 다른 이유도 있었다.

"와아, 아라이도 메이드복이네. 귀엽다."

"그런……가? 고마……워."

아라이는 미쿠모의 목소리에 부끄러운 듯 아래를 보았다.

우리 반에서는 야키소바 메이드 여장 카페를 열었지만, 이왕이면 여자도 입자는 의견에 학급 전체가 메이드복을 입었다. 남자는 물론이거니와 여자까지도 모두 메이드복 차림이라 구경하려는 남자들도 있었기에 이런 성황을 이룬 것이다.

당연히 아라이도 메이드복을 입었는데…….

"저기, 미쿠모. 이 메이드복은 빅토리아 스타일의 하우스메이드를 모티프로 했어. 아무래도 옷감은 당시의 것을 구하지 못했지만, 두꺼운 면 새틴을 이용해서 꽤 진짜 같아

보이지? 머리의 브림(brim)은 심플하지만 실용성을 중시한 것을 골라봤고…… 그래, 안에는 파니에도——."

"저기…… 아, 아하하……. 그렇구……나……. 아…… 코, 코미나토, 야키소바 서두르지 않아도 돼……."

아라이의 기세에 압도된 미쿠모는 좌우로 시선을 헤매며 내게 도움을 구했다. 서두르지 않아도 된다고 일부러 말하는 것은 그런 뜻이리라.

내가 아라이의 화제를 어떻게 바꾸면 좋을지 고민하는데 미쿠모가 아라이에게서 도망치듯 헤매던 시선 끝에 무언가를 발견했다.

"정말로 서두르지 않아도 되니……까…… 어라……? 저기 있는 사람…… 혹시."

미쿠모의 시선은 교실 구석에 설치된 조리 공간에서 분투하는 한 여학생에게 향했다. 한바탕 큰 키에 메이드복을 입은 그 여학생. 주위보다 머리 하나만큼 더 큰 그녀는 머리에 하늘하늘한 레이스가 달린 종이봉투를 뒤집어쓰고 야키소바를 볶을 뒤집개를 든 채 온몸에서 땀을 흘리고 있었다. 메이드복이 미처 다 감싸지 못한 가슴이 쏟아지려는 것을 이따금 매만지며 열심히 야키소바와 씨름하는 카미야마였다.

나는 주문을 받거나 야키소바를 옮기는 홀팀이며, 카미야마는 조리팀이었다.

참고로 아라이는 반장으로서 전체를 통괄하는 역할을 맡아 과하지도 부족하지도 않게 척척 일을 처리했다.

남들 앞에 나서는 것보다 낫다지만, 쉽게 긴장하는 카미야마다. 조리부와 연습 시합 때 긴장하는 바람에 보여 줬던 이런저런 일이 일어나지 않으면 좋겠다……며 문화제가 시작되기 전에는 걱정도 했지만, 내 걱정과 달리 카미야마는 열심히, 그리고 그 나름대로 능숙하게 야키소바를 볶았다.

앞에 나서는 자리를 맡지 않은 것은 카미야마에게도 우리 반에도 좋았는지도 모르겠다.

나는 아까 미쿠모가 한 질문에 대답했다.

"응, 카미야마는 조리팀이야. 꽤 잘하지? 연습 시합의 효과가 있었나?"

"정말로 잘하네. 조리부에 오면 좋을 텐데~."

미쿠모는 그렇게 말하며 짓궂게 웃었다.

요전번의 연습 시합 때도 저 정도로 움직였다면 카미야마도 더 즐거웠을 텐데. 그런 생각을 하는데 미쿠모가 카미야마 쪽으로 손을 흔들며 커다란 목소리를 냈다.

"야호~ 카미야마~! 나 왔어~! 맛있는 야키소바 잘 부탁해~!"

몇 명의 조리팀이 이쪽을 봤지만, 카미야마는 손으로 시선을 고정하고 눈앞의 작업에 집중하는지 이쪽에는 전혀 신경 쓰지 않는 모습이었다.

뭐, 익숙지 않은 작업인 데다 평소에 별로 접점이 없는 반 친구들에게 둘러싸여 있다. 아무것도 눈에 들어오지 않는대도 별수 없겠지?

옆을 보자 미쿠모도 별수 없다는 듯 쓴웃음을 지으며 짓궂게 입을 열었다.

"에이, 카미야마가 안 놀아주니 코미나토랑 놀아야겠다. 저기, 아까 그 야키소바에 이 '심쿵심쿵 러블리 광선'을 추가할게! 물론 서빙은 코미나토가 하고!"

그 메뉴는…… 심쿵심쿵 러블리~ ♪ 같은 주문을 외며 야키소바 위에 얹은 달걀프라이에 케첩으로 낙서를 제공하는 금단의…….

"안 돼, 품절이야."

내가 거절하려 하자 옆에서 우리의 모습을 바라보던 아라이가 방긋방긋 웃으며 말했다.

"네, 심쿵 러브 하나요? 알겠습니다, 주인님."

아주 즐거운 듯이.

미쿠모도 주인님이 된 양, 응, 거기 있는 코미나토를 지명할게, 하고 말했다.

"아, 아니! 품절! 품절이야!"

그렇게 말하며 도망치려는 내가 옆눈으로 아라이를 보자 아라이는 진심으로 무슨 말을 하는지 모르겠다는 얼굴로 내 쪽으로 고개를 갸웃.

"왜 그래? 품절 아니야. 무슨 일이야, 코미나토? 괜찮
아? 괜찮지? 응응. 나는 주문을 넣고 올게."

······5분 뒤.

손님으로 붐비는 교실 안에서 나는 커다란 목소리로 심
쿵심쿵 러블리 주문을 외게 되었지만······ 자세한 얘기는
생략하게 해줘······. 제발······.

■ 코미나토 나미토는 외쳐본다

"잠깐, 양배추 그쪽에 있어?"

조리팀 쪽에서 이런 목소리가 들렸다.

거기에 호응하듯 차례로 목소리가 들렸다.

"아니, 이쪽에도 없어. 난감하네……. 앞으로 많아야 열 그릇쯤 될 것 같아……."

"소스도 부족해."

조리팀의 끝에서 카미야마도 주뼛주뼛 한 손을 들었다.

"저…… 저기…… 면이 이제…… 없는데……."

저렇게 반 친구 모두와도 의사소통이 되기 시작한 데 마음 한구석에서 약간 기쁜 감정을 느끼며 나는 나대로 잇따라 완성되는 야키소바를 각 테이블에 옮기는 홀 업무에 쫓겼다.

1학년 1반의 야키소바 메이드 여장 카페는 뜻밖의 대성황이었다.

"하고 싶은 것을 다 하자, 괜찮아"라며 이렇게 카오스인 가게를 기획한 아라이의 수완일까, 메이드복의 힘일까? 우리 반은 당초의 예상을 크게 웃도는 매상을 기록한 모양이었다.

그것 자체는 기쁘지만, 예상과 달리 많은 손님이 온 덕분에 다양한 식자재가 부족해진 모양이라 즐거운 손님과는 정반대로 학급 내에는 긴박한 상황이 닥쳐왔다.

테이블은 지금도 만석이고 바깥의 행렬도 끊이지 않았다.

현재 시각은 점심이 조금 지났을 무렵. 문화제가 끝날 때까지는 아직 몇 시간이 남았다.

여기서 식자재가 동나면 우리는 이후에 아무것도 할 수 없게 되고, 밖에 줄 선 손님에게도 피해를 주게 된다.

그런 가운데, 조리팀 쪽에서 목소리가 들렸다.

"그러고 보니 아까 아라이가 근처 슈퍼에 배달을 시켰으니 이제 곧 가져다줄 거라고 했는데……."

"아라이는 어디 갔어?"

"실행위원에게 정시 보고하러 나간 참이라 한동안은 안 돌아올 거야."

아라이 녀석, 거기까지 내다보고 이미 주문했을 줄이야…….

거기에 약간 어긋난 면만 없었다면 늘 방긋방긋 웃는 우수하고 좋은 녀석인데……라는 생각을 하는데 내 시야 끝에서 여학생이 창밖을 가리키며 외쳤다.

"아! 저기 봐! 승강구에 저건 배달하시는 분 아니야? 남자들, 가지러 갔다 와."

어느 여자가 이렇게 말하자 근처에 있던 남자들이 대답

했다.

"우리는 지금 손을 뗄 수 없어. 누구 한가한 사람 없어?"

"우리도 지금은 무리야. 주문이 전혀 처리가 안 돼서……."

쭉 살펴보자 조리팀도 홀팀도 나를 포함한 모두가 바쁘게 일하느라 아무도 빠져나갈 수 있는 상황은 아닌 듯했다.

이럴 때…… 아라이라면 분명 척척 일을 분배했을 것이다. 아라이의 수완을 아는 반 친구들도 불만 없이 따를 것이다.

하지만 아라이가 없는 지금, 우리 반에 그럴 수 있는 학생은 없었다. 물론 내게도 그런 능력은 없다.

누군가가 손을 멈추고 짐을 가지러 가야 한다. 그것은 알고 있다. 하지만 모두가 눈앞의 일에 덤벼드느라 아무도 가지러 갈 기색이 없었다.

게다가……. 이유는 아마 그것뿐만이 아닐 것이다.

나는 야키소바를 옮기는 도중에 힐긋 창밖으로 시선을 보냈다.

그곳에는 슈퍼 직원이 무거워 보이는 상자를 짐차에 잔뜩 얹고 승강구로 옮기는 모습이 보였다. 보아하니 무거울 듯한 상자가 잔뜩 쌓여갔다.

저것을 교실까지 옮기라고……?

여자에게는 말 그대로 짐이 무거운 일일지도 모르고, 남자도 저걸 옮기기는 상당히 힘들 것이다. 그리고 노력에 반해 고독하고 재미도 없다. 누가 해도 될 일이다.

그야 아무도 자진하지 않겠지…….

어떻게 할지 생각하는데 점점 조리팀에서 들리는 목소리가 절박해지는 것을 알 수 있었다.

면 마지막! 이라거나 양배추 끝! 이라는 다급한 목소리가 들리기 시작했고, 마침내 여유가 없어진 상황을 홀에 있는 나도 엿볼 수 있었다.

모두 자신 외의 누군가가 가리라 생각해서 눈앞의 일에 열중했다.

이때, 내가 가도 되겠다 싶어 손을 들려는데 조리팀 구석에서 주뼛주뼛 손을 드는 한 여자의 모습이 눈에 들어왔다.

카미야마였다.

들어 올린 그 손을 본 조리팀 녀석들의 시선은 이렇게 말하는 듯했다.

적재적소다! 라고…….

조금씩은 반 친구들과 거리가 가까워졌다지만, 카미야마는 아직 반에서 동떨어져 있다. 게다가 엄청나게 힘이 세기도 하다.

확실히 카미야마가 적임자다……라는 것이 그들 눈에는 보였으리라.

그 시선을 알아챘을 때…… 나는 발을 멈추었다.

마음이 답답했다.

만약 지금 손을 든 것이 카미야마가 아니었다면.

만약 다른 여자가 혼자 가겠다고 말했다면 어떻게 되었을까? 분명 친구 몇 명이 함께 가겠다고 말하거나 남자가 별수 없다는 듯 가게 되었을지도 모른다.

그런데 왜 카미야마는 모두가 한결같이 그런 시선을 보내지?

카미야마는 괜찮은 거야? 정말로 카미야마가 혼자 가는 게 적절해?

물론 그들이 그렇게 생각하는 것도 별수 없을 것이다.

그들은 아무런 악의도 없이 눈앞의 일에 쫓기며 그런 시선을 보냈을 뿐이다.

게다가…….

나는 힐긋 카미야마 쪽을 보며 그녀가 연습 시합 때 했던 말을 떠올렸다.

『바…… 반 친구들과도…… 이…… 이이이이이렇게 친해지고 싶……어. 그럴 수 있을……까……?』

친해지는 건 이런 게 아니다……. 아마도.

뭐가 정답인지는 모르겠지만, 이것이 오답이라는 것만은 나도 알겠다.

그렇다면 어떻게 하면 좋을까?

카미야마 자신의 판단에 맡기고 이대로 보낸다.

……아니, 이건 카미야마의 판단이 아니다. 반의 분위기

가 그녀를 떠밀었을 뿐이다.

그렇다면 나도 함께 간다고 말하고 둘이서 갈까?

……아니, 이것도 아니다.

반에서의 주가도 조금은 오를지 모르지만, 분명 그들은 자기 대신 손해를 본 사람으로밖에 인식하지 않을 것이다……. 그럼 어쩌지?

손님은 기다리고 있다.

반 친구들은 모두 난감해한다.

모두가 좋을 수는 없다.

모두가 납득할 수 있는 답을 내기 위해 상의할 시간도 없다.

이 카페를 원활하게 굴릴 생각만 한다면 역시 카미야마만 보내는 것이 정답일 것이다. 카미야마의 피지컬이라면 저 정도의 짐들은 분명 쉽게 들 수 있을 것이다.

하지만 그것은 내 마음에선 정답이 아니다. 절대로.

그럼 어쩐단 말인가……?

가득 들어찬 좌석에서 들리는 손님들의 즐거운 목소리.

반 친구들의 난감한 표정.

카미야마가 손에서 놓은 뒤집개.

산더미처럼 쌓인 빈 상자.

교실에서 나가려는 카미야마의 뒷모습.

나는 상상했다.

카미야마는…… 카미야마의 종이봉투 속에는 지금 어떤 얼굴이 들어 있을까……?

나는 옮기던 야키소바를 양손에 든 채 그 자리에서 크게 숨을 들이마시고 있는 힘껏 소리쳤다.

"……제, 제1회! 메이드복 입고 짐 옮기기 경재애애애애애앵!"

술렁임이 딱 멎었다.

학급은 순식간에 정적에 휩싸였다.

반 친구도 손님도 모두 시선을 내게 집중한 것을 알 수 있었다.

부끄러움에 얼굴에서 불이 날 것 같은 가운데, 나는 계속해서 외쳤다.

"……지, 지금부터 부족한 식자재를 가지러 갈 짐 옮기기 경쟁을…… 시, 시작합니다! 참가자는 저! ……그리고 학급 임원! 게다가…… 여자 부문에서는 카미야마! 손님은 누가 1등이 될지 예상해주세요! 정답자에게는 야키소바 한 접시를 상품으로 드립니다!!"

내가 말을 마치자 손님 사이에서 와~ 하는 환호성이 울려 퍼졌다.

그리고 그런 나를 보고 학급 남자 몇 명에게서 어쩔 수 없이 참가한다는 목소리가 들렸다.

분명 모두 마음속 어딘가에서 카미야마 혼자 보내는 데

죄책감을 느꼈으리라. 내 갑작스러운 제안은 그럭저럭 매끄럽게 받아들여진 모양이라 나는 내심 안도했다.

술렁임과 환호성 속에서 몇 명의 참가자가 정해졌다.

참가자가 간단한 자기소개를 하고 손님은 각자 손을 들어 투표했다.

이렇게 조리를 멈추거나 인원을 대량으로 할애하는 것은 이 카페를 효율적으로 굴리는 관점에선 최악일 것이다. 하지만 이것은 문화제다. 축제다. 그것도 우리가 즐기는 축제다. 즐겁지 않은 사람이 있다면 그것은 실패다. 그러기 위해 조금쯤 손님을 기다리게 한대도 벌은 받지 않으리라.

카미야마는 홍일점이기도 하여 손님의 투표는 가장 인기였다.

그 사이에 사회자 역할로 뛰어나온 여자 한 명이 외쳤다.

"갑자기 시작된 이 경쟁에서 누가 1등으로 이곳에 돌아올까요! 그럼 제자리에, 준비⋯⋯ 출발!"

우리는 기세 좋게 교실 문을 통해 밖으로 나갔다.

나는 익숙지 않은 메이드복 치마에 발이 걸려 모두보다 늦게 복도로 나갔다.

뒤늦은 내가 본 것⋯⋯ 그것은 학급의 쟁쟁한 남자들을 떨치고 복도를 엄청난 속도로 질주하는 축축한 메이드복 차림의 카미야마였다.

학생과 손님으로 복잡한 복도를 정확히 부딪치지 않도

록 빠른 속도로 질주하며 순식간에 계단 너머로 사라졌다.

쫓아가야 한다……고 생각하고 머지않아 카미야마는 순식간에 종이상자를 두 개나 어깨에 들쳐메고 돌아왔다.

나는 떠올렸다.

아아…… 그러고 보니 예전에 이 종이상자처럼 나를 들고 교내를 질주한 적이 있었지……?

카미야마는 내가 아직 반환점을 돌지도 않았는데 가장 먼저 교실로 달려갔다. 반에서 커다랗게 터지는 박수 소리를 등 뒤에서 들으며 나는 복도를 빠져나가 계단을 내려간 뒤 숨을 헐떡이며 마침내 승강구에 이르러 무거운 종이상자에 손을 댔다.

그럭저럭 옮긴 종이상자를 조리팀에 넘기고 지친 다리로 홀 업무로 복귀하려는 내 귀에 조리팀원들의, 카미야마 엄청 빨랐지, 라는 목소리가 들렸다.

카미야마는 평소처럼 쑥스러워서 종이봉투와 메이드복을 흠뻑 적시고 땀을 바닥에 뚝뚝 흘리며 어떻게 대응할지 난감해하는 모습이었다.

그런 카미야마를 보고 조리팀 여자가 말했다.

"아, 카미야마, 종이봉투가 흠뻑 젖은 것 같은데? 그래! 이걸 뒤집어써 봐!"

그렇게 말하며 그녀가 건넨 것은 조금 전에 막 도착한

식자재가 들어 있던 종이봉투였다.

갈색 봉투의 겉면에는 크게 '중면 야키소바'라고 적혀 있었다.

카미야마는 그녀가 건넨 야키소바가 들어 있던 종이봉투를 받아 그 자리에서 휘리릭 모두에게 등을 돌리고 유려한 동작으로 흠뻑 젖은 종이봉투를 벗더니 건네받은 종이봉투를 다시 쓴 뒤 정면에 두 개의 동그란 구멍을 뚫고서 돌아섰다.

조리팀원에게서 환호성이 터지자 카미야마는 다시 땀을 뻘뻘 흘리며 아까 벗은 종이봉투에서 하얀 레이스를 떼어 지금 쓰고 있는 야키소바 종이봉투에 다시 붙였다. 조리팀에서 따뜻한 미소가 흘러나왔다.

어쨌든 녹아든 모양이었다.

카미야마는 쑥스러운 듯 자기 일로 복귀하고자 근처에 있던 뒤집개를 쥐고 문득 내 시선을 알아챘다.

종이봉투에 뚫린 두 개의 구멍에서 내 쪽을 보는 커다란 눈동자는 조금 떨어진 이곳에서도 알 수 있을 정도로 빙긋 웃고 있었다.

그런 카미야마에게 나도 가볍게 웃으며 고개를 끄덕였다.

이렇게 조금씩 익숙해지면 되지.

그런 생각을 하며 그 자리를 뒤로한 내 어깨를 누군가가 두드렸다. 돌아보자 그곳에는 미쿠모가 있었다.

"안녕, 코미나토. 아까는 멋있었어."

"꼴찌인데?"

나는 모든 참가자 중에서도 큰 차이로 뒤진 꼴찌였다.

"순위가 아니라……. 뭐, 그건 됐어. 그나저나 코미나토
는…… 왜 대화부에 있어……? 정말로."

손님으로 북적이는 교실 구석에서 미쿠모는 밝고 짓궂
은 미소로 질문했다.

"그러니까 전에도 말했잖아? 평범한 고교생활을 하기
위해서라고."

그러자 미쿠모는 진지한 얼굴로 변했다.

"그건 전에 들었어. 하지만…… 코미나토가 하는 행동은
전혀 평범하지도 평온하지도 않지 않아?"

확실히 내가 하는 행동은 평범하지도 평온하지도 않다.
아까 그 일만 봐도 명백히 평범과는 거리가 멀다.

뭘 어떻게 하면 좋을지 모르겠지만 그대로 아무것도 하
지 않는 선택지만은 내게 없었다. 그 결과가 아까 그 레이
스였다.

"뭐랄까……. 어쩌다 보니 그런 거야, 어쩌다 보니."

즉시 적당히 대답한 내게 미쿠모가 재차 몰아쳤다.

"흐~음? 어쩌다 보니……? 그냥 어쩌다 보니 그런 짓까
지 하나……?"

그렇게 말하며 미쿠모는 내 눈을 본 채 갑자기 이쪽으로

몸을 바싹 들이밀었다. 미쿠모의 얼굴이 눈앞에 와서 나도 모르게 가슴이 철렁했다.

미쿠모는 전에 없이 진지한 목소리 톤으로 질문을 툭 던졌다.

"……있잖아, 카미야마니까? 난감한 사람이 카미야마여서 도와줬어? 아니면 아까 난감한 사람이 카미야마가 아니라…… 다른 누군가였어도 같은 행동을 했을까?"

그렇게 말하며 미쿠모는 진지한 표정으로 내 눈을 빤히 들여다보았다.

……애초에 나는 왜 그런 말을 했을까? 나 자신조차 진실을 모르겠다. 다만 그대로 아무것도 하지 않고 카미야마를 보내는 게 올바르다고는 생각할 수 없었다……. 그뿐이다.

내가 명확한 대답을 준비하지 못한 채 말문이 막히자 미쿠모는 갑자기 밝은 미소를 되찾았다.

"……뭐, 됐어. 곤란하게 해서 미안해. 코미나토가 만약 정말로 평범한 고교생활을 하고 싶다면 조리부에 와. 난감할 때 도와주는 왕자님이라면 언제든 환영이니까."

짓궂게 웃는 미쿠모의 진의를 가늠할 수 없어서, 짐꾼이라면 맡겨줘, 라고만 대답했다.

"아하하, 역시 꼴찌네. 든든해."

그렇게 말하며 웃는 미쿠모의 맞은편에 쑥스러워하면서

도 열심히 야키소바와 씨름하는 카미야마의 모습을 보며
나는 홀 업무에 복귀했다.

■ 카미야마는 착각한다

폭풍 같던 노동이 끝나고 휴식 시간.

나는 준비실로 마련된 옆 교실에서 메이드복을 벗고 털썩 앉아 있었다.

안 그래도 체력을 소모한 레이스 뒤에도 잇따라 찾아오는 손님에게 메이드복 차림으로 야키소바를 계속 서빙한 나는 체력적으로도, 그리고 심쿵심쿵 하트가 어쩌고저쩌고하는 창피한 말을 하며 케첩으로 하트를 그리게 되어 정신적으로도 지쳐 있었다.

겨울잠을 자고 싶다……. 봄까지, 아니, 내세까지……!

"고…… 고생했어, 코미나토……."

문득 올려다보자 그곳에는 메이드복 차림의 카미야마가 있었다.

"응…… 고생했어……. 정말로……."

"저…… 저기…… 나도 지금부터 휴식이라……. 그……
그러니까……."

카미야마는 말하기가 힘든 듯 주뼛거리며 야키소바라고
적힌 종이봉투(레이스 부착)를 적시며 쭉 뻗은 긴 양팔을
몸 앞에 감았다.

커다란 가슴이 팔 위에 얹히며 출렁 흔들렸다.

카미야마가 입을 수 있는 사이즈가 없었는지 그녀의 메이드복은 몸에 착 붙었고 가슴 언저리는 크게 벌어졌다. 크게 벌어진 가슴 언저리에서 쏟아질 듯 멜론 같은 가슴. 그리고 그 부드러울 듯한 가슴의 표면에는 살며시……라고는 도저히 말할 수 없을 정도로 대량의 땀을 흘리고 있었다.

카미야마가 주뼛거릴 때마다 가슴의 표면에 맺힌 땀이 살갗 위를 미끄러져 가슴골을 따라 메이드복 속으로 사라지는 모습을 멍하니 바라보며 나는, 아아…… 내세에는 땀으로 다시 태어나는 것도 좋을지 모르겠구나…… 하고 지친 머리로 생각했다.

"아, 카미야마의 가슴을 보고 있지? 코미나토는 음란하다니까."

갑자기 들린 목소리에 움찔하며 카미야마의 옆으로 시선을 보내자 교복 차림의 미쿠모가 짓궂은 미소를 지으며 내 시선 끝을 눈으로 좇고 있었다.

"아, 아니, 아니야……! 결단코 아니야!"

황급히 부정하는 나를 미쿠모는 재차 몰아붙였다.

"그렇게 당황하는 게 일단 수상하다니까, 응응."

"그, 그렇지 않아! 잠시 내세에 대해…… 그…… 생각하느라……."

거짓말은 아니다. 거짓말은…….

"내세……?"

"그, 그런 건 됐어! 그, 그보다 둘이 무슨 일이야?"

어떻게든 수습하며 대응하는 내게 미쿠모가 말했다.

"어~째 코미나토는 가끔 이상한 소리를 하네. 뭐, 좋아. 그게 말이지…… 아까 카미야마와 이야기를 했는데."

그렇게 말하며 카미야마 쪽을 보는 미쿠모에게 카미야마는 긴장해서 몸이 굳으며 고개를 끄덕였다. 끄덕인 타이밍에 카미야마의 종이봉투에 단 레이스 끝에서 땀 한 방울이 내 얼굴에 탁 튀었다.

"저…… 저기…… 나도 이제부터 휴식이고……. 미쿠모도 시간이 있는 모양이라 그…… 이, 이제부터 셋이서 문화제를 구경하지 않을래……?"

"그런 거야. 코미나토도 괜찮으면 어때? 그냥 같이 가자."

둘이서 나를 권하러 온 건가?

솔직히 피곤한 나는 이대로 한동안 여기서 쉬고 싶었지만, 두 사람의 마음이 고마워서 순순히 엉덩이를 들었다.

……게다가 걱정되는 것도 있고…….

출발하기 전, 교실에 있던 아라이에게도 말을 걸었지만, 아직 학급의 일이 끝나지 않아서 같이 갈 수 없다며 거절당했다.

대신에 야키소바 서비스권을 몇 장인가 받아서 손님도

모을 수 있으면 모아오라는 말을 들었다. 정말 일에 대해서는 정확한 녀석이라며 감탄했다.

아무튼.

이리하여 문화제를 구경하게 된 우리 세 사람.

평소에는 스산한 학교 건물도 오늘만은 색색으로 장식되었다. 문화제의 이름에 부끄럽지 않게 시끌벅적한 축제다. 학교 건물 안의 곳곳이 꾸며져 있고, 각 단체의 출점 고지 포스터로 빼곡한 모습을 보며 이 넘치는 비일상감에 내심 조금 들떴다.

학교 건물 안에는 학생들에 더하여 보호자들이나 근처의 주민도 온 모양이라 어린아이부터 노인까지 다양한 사람이 북적였다.

주위가 시끌벅적한 축제 상황이라 평소 카미야마에게 익숙한 학생들은 물론이거니와 방문객들도 분명 어떤 점포의 코스프레일 거라고 해석했는지 꽉 끼는 메이드복을 입고 종이봉투를 뒤집어쓴 카미야마가 교내를 배회해도 티 나게 놀라는 사람은 없었다.

"우선은 어디부터 볼까? 카미야마는 어디 보고 싶은 곳이 있어?"

즐겁게 팸플릿을 꺼낸 미쿠모와 그것을 옆에서 들여다보는 카미야마를 보며 나는 아라이가 기획한 연습 시합도 헛수고는 아니었다고 새삼 생각했다.

이렇게 대화부원 모두에게 평범한 친구가 생긴다면 분명 언젠가는──.

그런 생각을 하는데 복도 맞은편에서 작은 여자애가 우리 쪽을 향해 달려오는……가 싶더니 카미야마의 다리를 향해 힘껏 뛰어들었다.

여자애는 카미야마의 얼굴을 올려다보고 즐거운 듯 이렇게 말했다.

"있지, 언니! 언니는 무슨 가게야? 귀신의 집? 가보고 싶어!"

온몸이 흠뻑 젖은 채 사이즈가 맞지 않는 메이드복을 입고 머리에 '중면 야키소바'라고 인쇄된 종이봉투를 폭 뒤집어쓴 카미야마는 확실히 귀신으로 보일 법도 하다.

꼬마야, 이 언니는 메이드란다. 귀신이 아니라.

카미야마는 갑작스러운 상황에 놀라 굳었다.

옆에 있던 미쿠모도 어떻게 대답하면 좋을지 쓴웃음을 지으며 곤란해하는 모습이었다.

나는 그 자리에 웅크려 앉아 작은 여자애에게 시선을 맞추었다.

"우리 문화제는 재미있니?"

"응, 아주 재미있어! 아까는 풍선을 받았고 마술도 봤고…… 아! 솜사탕도 먹었어!"

아주 즐거운 듯 이야기하는 여자애에게 나는 빙긋 웃었다.

"그렇구나, 그거 잘됐네. 우리는 야키소바 메이드 여장 카페를 해. 괜찮으면 먹으러 와. 이 언니는 야키소바를 잘 만들거든."

그렇게 말하며 여자애에게 우리 반의 서비스권을 주었다.

"메이드…… 야키소바……?"

여자애는 처음에 멍한 표정을 지으며 야키소바가 그려진 서비스권과 카미야마의 얼굴…… 아니, 곳곳이 젖은 종이봉투를 견주어본 뒤 마음속에서 뭔가 납득이 됐는지 크게 고개를 끄덕였다.

"고마워! 귀신 야키소바! 먹으러 갈게!"

그렇게 말하고는 복도 맞은편에서 이쪽을 걱정스레 바라보던 아마도 어머니일 사람에게 달려갔다.

나는 옆에서 아직도 굳은 카미야마 쪽을 보았다.

"해냈어. 카미야마 덕분에 손님 한 명을 확보했네."

내가 그렇게 말하자 카미야마는 이쪽으로 얼굴을…… 아니, 종이봉투를 향했다.

"……나는, 도…… 도움이 됐다는…… 뜻……일까……?"

내가 고개를 끄덕이자 카미야마는 몸 앞에서 양손을 꽉 쥐고 조금 기쁜 듯한 동작을 취했다.

"그…… 그리고…… 나…… 귀신…… 같아……?"

"풉, 문화제여서 그런 거 아니야? 몇몇 반에서 귀신의 집을 하고 있으니까……. 게다가 아까 그 아이는 미소가

아주 예뻤어. 귀신의 집에 있는 착한 귀신이라고 생각한
게 아닐까……?"

착한 귀신이라니…….

내가 말해놓고도 잘 모르겠지만, 아무튼 보통은 겁을 내
거나 피하는 카미야마지만, 오늘 이 문화제라는 자리에서
는 호의적으로 받아들여진다는 점만큼은 그 여자애의 반
응을 보고 명백히 알 수 있었다.

내 말에 종이봉투를 살며시 갸웃거리면서도 카미야마
역시 아이의 미소는 기뻤던 모양이라 복도 너머로 가볍게
손을 흔들었다.

"자, 그럼 슬슬 가자. 좋았어, 어디부터 구경할까?"

착한 귀신이든 나쁜 귀신이든 기껏 카미야마가 위화감
을 주지 않고 행동할 기회다. 그렇게 생각하면 나도 조금
은 마음이 편해졌다.

이왕 문화제이니 신나게 즐기자!

우리는 팸플릿을 한 손에 들고 의기양양하게 복도를 박
찼다.

■ 대화부는 실패를 한다

그 뒤 우리는 시간이 허락하는 한 교내를 구경했다.

그래 봐야 미쿠모가 조리부의 다른 부원과 교대할 때까지 얼마 되지 않는 시간이었지만, 그래도 아주 즐거웠다.

시간상 다음이 마지막일 듯할 때, 시끌벅적한 교내에서 옆을 걷던 미쿠모가 내게 물었다.

"아~ 재미있었어······. 나는 이제 슬슬 조리부로 돌아가야 하니 다음이 마지막이려나······? 아, 그러고 보니 대화부는 뭐 안 해? 하루사메가 오늘은 계속 안 보이는데."

이 질문에 나는 불길한 생각이 떠올랐다.

아니, 잊고 있던 게 아니다. 계속 생각하지 않으려 했다.

"아······ 우리······? 한다면 하지만······."

애매하게 대답하는 나를 미쿠모가 추궁했다.

"아, 그럼 마지막은 거기에 가보자······. 그런데 어라? 아라이는 학급 일이 있다고 했고 코미나토와 카미야마는 여기 있다는 말인즉······ 하루사메 혼자?"

"응, 전시라고 할까····· 뭐랄까······. 뭐, 혼자 있어도 충분한 거라 지금은 하루사메가 맡을 차례인데······ 아······."

"그래? 그럼 그쪽에 얼굴을 비치자. 하루사메도 보고

싶고."

미쿠모는 그렇게 말하며 대화부 부실 쪽으로 성큼성큼 걸어가려 했지만 나는 내키지 않았다.

아니, 나중에 얼굴을 비치려고는 했다.

하지만 **그것**을 지인에게 보여준다고 생각하자 도저히 내키질 않았다.

카미야마 쪽을 힐긋 보자 카미야마도 같은 생각을 하는 모양이라 곤란한 듯 어깨를 움츠리고 있었다.

하지만 어차피 공개되었다. 인제 와서 감춰도 소용없다고 생각을 고친 뒤 셋이서 대화부 부실로 향했고, 부실 문을 열고 그곳에 있던 것을 본 미쿠모가 한마디 했다.

"아…… 저기…… 코미나토…… 카미야마……. 뭐야……? 저거……?"

학교 건물의 구석에 있는 대화부 부실 주변은 인적도 드물었다. 손님은 물론이거니와 학생들의 모습도 별로 보이지 않았다. 그런 부실의 문을 연 미쿠모가 목격한 것은…… 종이상자였다.

종이상자를 한가운데에 두고 양옆에는 마법 소녀 패널이 두 장. 아짱 씨와 킷코 씨 패널에 끼이듯 커다란 종이상자 하나가 덩그러니 놓여 있었다.

그리고 때마침 손님이 왔는지 종이상자 앞에는 차분한 여학생이 두 명. 입을 떡 벌리고 서 있었다.

시끌벅적한 교내와는 딴판으로 고요한 부실 안. 종이상자 속에서 목소리가 들렸다.

"저, 저, 저기, 나는 대화 연습 AI가 탑재된…… 그러니까…… 저기…… 아, 아, 아무튼! 내게 말을 걸어서 대화 연습을 해!"

"아…… 그, 그럼…… 음…… 오늘은 날씨가…… 좋네요……."

종이상자가 일순 움찔 들썩였다……. 동시에 반응을 기다리던 여학생도 움찔 뛰어올랐다.

문화제의 떠들썩한 소리도 멀게만 들리는 조용한 부실에서 종이상자는 덜컹덜컹 흔들렸고 차분한 여학생들도 덜덜 떨었다.

"나, 나, 날씨 화제구나! 맡겨줘! 오, 오늘 날씨…… 날씨는…… 이, 이게 뭐야! 상자 속에서는 캄캄해서 아무것도 안 보이잖아……! 아…… 아무것도…… 아무것도 안 보여……. 캄캄해……. 어쩌지……? 캄캄해……. 무서워……. 어두워……. 게, 게다가…… 추워……. 춥다고…… 여기……."

소름 끼치는 대사가 상자 속에서 들려와서 두 여학생은 서로 손을 맞잡고 공포에 떨었다.

그런 것을 알 턱 없는 종이상자는 덜컹덜컹 흔들리며 계속 말을 이었다.

"어두워……. 추워……. 살려줘……. 살려달라고……!

거기, 살려줘! 아짱!"

살려달라는 말을 연발하며 흔들리는 종이상자를 본 여학생들은 비명을 지르며 쏜살같이 도망쳤다.

옆에 있던 미쿠모가 말했다.

"알았다! 즉, 저건…… 저주 상자지……?"

"전혀 아니지만…… 저게 뭔지는…… 우리도 몰라……."

그러자 옆에 있던 카미야마가 살며시 입을 열었다.

"그…… 그래……. 담요……! 담요를 가져다주면 춥지 않을지도 몰라……. 내가 한번 찾아볼게……!"

"그래……. 담요도 좋지만, 그보다 한계……일 거야……."

담요를 찾으러 가려는 카미야마를 가볍게 제지하고 나는 종이상자로 다가갔다.

덜컹덜컹 흔들리는 종이상자에 손을 대고 있는 힘껏 위로 들어 올렸다.

"사, 살려줘……. 추워……. 여긴 어두워……. 꺄아아! 누, 눈부셔! 눈이…… 눈이 타겠어……!!"

내 눈앞에는 양손으로 눈을 덮고 파닥이는 하루사메의 모습이 있었다.

"진정해, 하루사메! 나야, 코미나토야!"

"코, 코미나……토……? 나는…… 나는…….."

"이제 됐어, 하루사메. 잘했어……. 뭘 잘했는지는 모르겠지만 아무튼 잘했어……."

그렇게 말하며 눈에 눈물을 글썽이는 하루사메의 어깨에 양손을 얹었다.

그것을 본 미쿠모가 말했다.

"대화부…… 괜찮아……?"

그건 내가 알고 싶다…….

왜 이렇게 되었을까――?

……그것은 결국 우리 대화부가 무엇을 선보일지 애매한 상태로 문화제 당일을 맞이했기 때문이다.

클럽활동부로서 무언가를 선보이고 싶다. 하지만 평소의 활동이 대화 연습이라는 매우 추상적인 내용이기에 어떻게 하면 좋을지 좋은 아이디어가 떠오르지 않았다.

그래서 방문객에게 평소 우리의 활동을 체험할 수 있도록 하기로 했다.

하지만 나나 아라이는 물론이거니와 카미야마나 하루사메는 평범하게 대화할 수 없을 테니 결국 이렇게 영문 모를 물건이 완성된 것이다.

"――그렇게 된 거야……."

나는 사건의 요점을 짚어서 설명했다.

"아…… 응. 그렇구나. 뭐…… 응…….."

미쿠모에게는 답이 된 것도 같고 아닌 것도 같았다.

"무, 무, 무서웠어……. 계속 어두운 곳에 혼자 갇혀 있어서……. 아짱도 없고 사람도 오고……."

하루사메는 그렇게 말하더니 눈에 눈물을 글썽이며 바들바들 떨었다.

"그야 참여했으니 사람은 올 테지……. 어쨌든 미안해. 내가 더 빨리 교대할 걸 그랬어."

서로가 맡은 시간은 정해져 있지만, 이렇게 될 줄 알았다면 조금 더 내 시간을 늘릴 걸 그랬다고, 바들바들 떠는 하루사메를 보며 생각했다.

"……이제부터는 내가 맡을게. 카미야마, 우리 반으로 돌아가서 아라이에게 그렇게 전해줄래?"

"아…… 알았어……!"

"기, 기다려, 코미나토……. 나 아직 더 할 수 있으니……."

분명 그다음 말을 들으면 더 분발하겠다고 말할 것 같아서 나는 선수를 치기로 했다.

"괜찮으니까 좀 쉬는 게 어때? 나도 대화 연습을 하고 싶던 참이야."

내가 생각해도 거짓말 같은 이유밖에 떠오르지 않았지만, 하루사메는 납득했는지 작게 고개를 끄덕이더니 들릴락 말락 한 작은 목소리로, 고마워, 라고 중얼거렸다.

내가 하루사메에게서 반쯤 억지로 종이상자를 받아들고 안으로 들어가려는데 갑자기 부실 문이 소리를 내며 열렸다.

"대화부 전시가 여기야?"

그렇게 말하며 들어온 사람은 담임선생님이었다.

젊은 여자 담임선생님은 부실 안을 빙 둘러보았다.

나는 아까 여기서 일어난 여학생의 참극을 들키지 않도록 일부러 밝게 행동했다.

"아, 선생님. 무슨 일이세요? 선생님도…… 그, 대화 연습을 하시게요……?"

그러자 담임선생님은 조금 미안한 듯한 얼굴로 내 쪽을 보았다.

"아니, 그게…… 말하기 좀 그렇지만……. 아까 2학년 학생이 나를 찾아왔거든……."

"아…… 혹시 차분해 보이는 두 여학생인가요……?"

"그래, 잘 아는구나. 그 학생이 이 교실에 저주받은 상자가 있으니 해결해 달래서……. 저주받은 상자가 뭐니……? 네가 지금 들고 있는 그거니?"

"아…… 네…… 아마도……."

"저기……. 무서워하는 사람도 있으니 가능하면 너무 무서운 건 하지 말자. 알았지?"

그렇게 말하며 담임선생님은 부실을 떠났다.

춥고 어둡다고 중얼거리며 움직이는 상자는 분명 저주받은 상자였을지도 모르겠다…….

하루사메가 툭 내뱉었다.

"……나, 나, 나는…… 저주받았어……?"

"괜찮아. 저주받은 건 이 상자야……. 나중에 정성껏 묻어주자……."

나는 근처에 있던 매직을 들고 종이상자에 크게 '저주받지 않았습니다'라고 휘갈겨 쓴 뒤 상자를 뒤집어썼다.

……결국 그 뒤로 손님은 한 명도 오지 않은 채 우리의 문화제는 마침내 끝을 맞이했다.

■ 하루사메는 정리한다

축제 뒤의 정적이란 말은 참 절묘한 표현이다.

창밖은 완전히 어두워졌다. 어느샌가 학교 건물의 시끌벅적함도 사라졌다. 이곳 대화부 부실은 정숙에 에워싸여 있었다. 시각은 오후 8시. 무기질적인 형광등 불빛이 비치는 부실에서 나와 하루사메는 둘이서 뒷정리를 하고 있었다.

그렇게 끝나기는 했지만, 우리가 직접 한 장식을 제거하자니 어쩐지 마음이 쓸쓸했다.

"……완전히 어두워졌네. 얼마 안 남았으니 힘내자."

짐을 구석에 옮기거나 필요 없는 물건을 쓰레기봉투에 넣으며 내가 말하자 하루사메는 작게, 그러게, 라고만 대답하고 다시 작업으로 되돌아갔다.

묵묵히 작업을 이어가는 하루사메의 작은 뒷모습.

아짱 씨나 킷코 씨 패널을 벽에 세우고 하루사메는 홀로 묵묵히 정리를 진행했다.

아라이는 반장 일로 바쁘고, 카미야마도 낮에 있었던 일로 학급 내에서 일약 화제의 인물 취급을 받으며 학급 일에 끌려다녔다.

물론 절반 정도는 카미야마의 체력이 목적이었는지도 모르지만, 분명 그것뿐만이 아니리라는 것은 카미야마에게 말을 거는 반 친구들의 시선을 보면 어렴풋이 추측할 수 있었다.

나는 그런 카미야마와 아라이를 남겨두고 대화부를 정리하러 왔다.

조용한 부실에는 나와 하루사메 둘뿐이었다.

평소의 하루사메라면 늘 아짱네와 떠들면서 이따금 그 대화에 나를 씹는 내용을 섞는 고등 기술을 보이면 내가 그것에 반응한달까, 하루사메에게 카운터를 먹인달까? 그런 식으로 시간을 보내는데 하필 오늘 하루사메는 말수가 적고 내 쪽으로 좀처럼 얼굴도 돌리려 하지 않았다.

마치 처음 만났을 무렵과도 같은 거리감이 느껴져서 말을 걸어도 듣는 둥 마는 둥 아까처럼 툭 한 마디를 대답할 뿐이었다.

그런 하루사메가 어쩐지 불편해서 나는 슬쩍 떠보기로 했다.

"아…… 오늘은 피곤했어……. 문화제……."

"……그러게."

"우리 전시는 실패했지만…… 뭐…… 그런 경우도 있는…… 거지……."

"……그러게."

평소의 하루사메라면 쓰레기나토 때문이야! 라거나, 이 실패미나토! 하고 말했을 것이다.

뭔가 이상하다…….

"그, 그래! 아짱 씨는 저쪽의 쓰레기를 정리해줄래? 으응? 하루사메. 아짱 씨에게도 도와달라고 해도 되지?"

아짱 씨에게 직접 말을 거는, 평소에는 절대로 하지 않을 얼토당토않게 창피한 짓을 해보았다.

하지만…….

"그러게……. 괜찮지 않아?"

이 모양이다.

하루사메는 이쪽을 보려고도 않고 내게 등을 진 채 홀로 전시에 쓴 종이상자를 해체했다.

이 녀석이 이 모양이면 나까지 심란해진다. 대체 하루사메는 어쩌고 싶은 걸까?

확실히 우리 대화부의 전시는 실패로 끝났고, 유감스럽게 생각하기도 한다. 하지만 그것만으로 이렇게까지 낙심할 일인가?

군중 앞에서 엉덩이를 흔들며 땅바닥에 엎드렸던 게 훨씬 더 낙심할 요소가 있는 것도 같은데…….

나는 그런 하루사메가 걱정되어 작은 등에 대고 말을 걸었다.

"아……. 그거, 같이 하자."

하루사메는 내게 등을 진 채 작고 어쩐지 잠긴 목소리로, 고마워, 라고만 말했다.

나는 하루사메의 옆에 앉아 테이프로 단단히 고정된 종이상자를 해체하기 시작했다.

조용한 부실.

밤의 어둠과 무기질적인 형광등의 대비. 옆에서는 하루사메의 숨소리.

마치 세상에서 이 공간만 따로 떨어져 아무것도 없이 텅 빈 캄캄한 공간에 부실만이 둥둥 떠 있는 듯한 착각에 사로잡혔다.

하루사메와 단둘이 부실에서 정리 작업을 하며 나는, 그러고 보니…… 하고 생각했다.

최근에 하루사메 녀석은 어쩐지 이상하지 않았나? 쇼핑하러 갔을 때도, 연습 시합 뒤에도. 어딘가 태도가 이상했던 것 같다.

물론 하루사메는 늘 이상하지만, 그것과는 별개로. 뭔가 깊게 생각하는 것 같다고 할까, 여유가 없다고 할까. 그런 위화감을 최근에 계속 느꼈다.

……그리고 오늘도 그렇다.

둘이서 정리를 하면서도 하루사메는 이쪽을 별로 보려고 하지 않았다. 그런 태도에 나도 하루사메의 얼굴을 보면 안 될지도 모른다는 분위기에 사로잡혀 그다지 얼굴을 마주 보지 않고 작업에 몰두했다.

하루사메는 지금 어떤 표정으로 작업을 하고 있을까?

나는 궁금해서 옆에 앉은 하루사메의 기색에 집중했다.

하루사메는 묵묵히 손을 움직이며 이따금 피곤한 듯 짧게 한숨을 쉬었다. 그리고 다시 조용한 숨소리만이 들렸다……. 그러는가 싶더니 하루사메의 호흡이 점점 거칠어졌다.

피곤해서 헐떡이는 것과는 다른, 뭔가를 참는 듯한, 어딘가 괴로운 듯…… 응? 괴로운 듯한?

지금까지 굳이 보지 않으려던 하루사메의 얼굴을 큰맘 먹고 들여다보았고…… 나는 목격했다.

하루사메의 뺨이 새빨갛게 물든 것이 아닌가. 눈은 초점이 맞지 않았고, 입에서는 헉헉 괴로운 듯한 숨결이 새어나왔으며 불안한 손놀림으로 작업을 진행하고 있었다.

게다가 새빨간 것은 뺨만이 아니었다.

이마도 목덜미도. 불안한 작은 손도. 치마와 타이츠 사이로 보이는 허벅지도. 온몸이 새빨갛게 물들어 있었다.

"야…… 야아, 하루사메……. 괜찮아? 어째 몸이 새빨간데……."

"……새빨개? 무…… 무슨 소리야? 사과는 당연히 새빨갛지……. 너…… 너…… 너야말로…… 괜찮……아?"

"말이 안 통하는 것 같은데…… 정말로 괜찮은……."

괜찮은 거 맞냐고 하려던 내 말은 아마 하루사메에게는 다다르지 않았을 것이다. 내 말이 끝나기도 전에 하루사메가 홀로 말하기 시작했다.

"그런 건 아무래도 좋아……. 아무래도……. 대화부의 전시…… 전혀 잘하지 못해서…… 이대로는 나…… 나……. 올해도 안 될…… 것 같아……. 올해도 오지 않을……까……? 그러고 보니 아짱은 어디 갔지……? 아짱, 어디 있어……? 어디……야……?"

그렇게 말하며 일어나려는 하루사메의 다리가 휘청거렸다.

가느다란 다리를 부들부들 떨며 어떻게든 그 자리에 서기는 했지만, 휘청거려서 제대로 나아가질 못했다.

나는 황급히 일어나 하루사메의 손을 잡았다.

"그렇게 다리를 휘청거리면 위험해. 너 왜 그래? 일단 진정해."

"으응……? 음…… 코미나토……? 왜 내 손을 잡고…… 아니, 자, 잠깐, 뭐 하는 거야……? 위험하잖아…… 꺄아 아아!"

갑자기 내게 손을 잡힌 하루사메는 그 자리에서 균형을 잃고 나와 뒤얽히듯 바닥에 넘어졌다.

"아야야야…… 괘, 괜찮아, 하루사메?!"

똑바로 쓰러진 내가 눈을 뜨자 그곳에는 코앞에서 불과

몇 센티미터 떨어진 거리에 하루사메의 얼굴이 있었다. 뒤엉켜 넘어지면서 내 위에 올라탄 모양이었다.

"……어라? 내가 어떻게 된 거지……? 시, 싫어! 어, 어, 어째서 너, 내 밑에 들어온 거야?"

"아, 아니, 내가 들어온 게 아니라 네가 내 위에……. 아무튼 지금은 거기서 비켜!"

"마, 말하지 않아도 비킬 거야! 기다려……!"

하루사메는 그렇게 말하고 몸에 힘을 주었다.

하지만 제대로 힘이 들어가지 않았는지 하루사메는 내 위에서 크게 균형을 잃더니 내게 안기듯 엎어졌다.

"뭐, 뭐야! 뭐냐고! 비, 비, 비켜, 이 변태미나토! 음탕음탕미나토! 아, 아직 정리가 안 끝났단 말이야……! 나…… 해야 해!"

하루사메의 작은 몸은 내 위에 쏙 들어왔다.

가슴과 가슴이. 다리와 다리가. 뺨과 뺨이 밀착되었다.

힘없이 버둥대는 하루사메의 머리카락이 내 얼굴에 살며시 닿았고, 간지러운 감각과 함께 하루사메의 향기가 내 비강에 다다랐다.

"네가 그런 말을 할 때가 아니잖아……. 잔말 말고 좀 비켜. 움직이지 못하겠으면 내가 비키게 해줄게……."

"그런 소리를 하고 이상한 곳을 만질 생각은 아니겠지! 잠깐…… 후아……앗……! 기, 기다려! 어딜 만지는 거야!"

하루사메는 묘하게 요염한 목소리를 냈다.

내 위에서 꺅꺅거리는 하루사메를 내려놓고자 살며시 몸을 만졌고…… 그때, 이상한 점을 알아챘다.

"……네 몸…… 어째…… 엄청 뜨겁지 않아?"

손바닥에 전해진 하루사메의 체온은 옷 너머로도 알 수 있을 정도로 뜨거웠다.

게다가…… 정신을 차리고 보니 밀착된 팔과 팔, 다리와 다리, 뺨과 뺨에 이르기까지 온몸이 열을 내뿜는 것이 아닌가.

"무, 무슨 소린지 잘 모르겠는데! 어라? 그, 그, 그보다 네 몸…… 차가워서 살짝 기분 좋은지도 모르겠어……. 너, 너…… 주, 주, 죽었어……? 죽은미나토……?"

"네가 뜨거운 거야! ……됐으니까 잠깐 조용히 해."

이건 위험하다.

아마 하루사메는 감기 기운이 있는데도 정리 작업을 하던 것이리라.

그리고 그것을 들키지 않고자 말을 줄이고 나와 얼굴도 마주 보지 않도록 하며 열심히.

정말이지 왜 그렇게…… 아니, 그보다 지금은 이 녀석을 해결해야 한다!

"어, 얼른 여기서 비켜! 너랑 1초도 밀착되고 싶지 않아! 왜 내 몸이 움직이지 않는 거야! 앗…… 아, 안 돼……. 이

상한 곳을 만지지 말라고 말…… 하으응…… 했잖아!"

"이, 이상한 목소리를 내지 마! 몸에 힘을 좀 빼……. 지금 일으킬 테니까."

하루사메는 열심히 일어나려고 했지만, 몸에 힘이 들어가지 않는지 내 위에 착 달라붙어 있었다.

내 목덜미에 얼굴을 대고 위에 납작 누운 채 독설을 퍼부었다.

뜨거운 숨결로 소리 지르는 하루사메를 무시하며 작은 그 몸을 받치고 일어나 하루사메의 등과 무릎 뒤에 팔을 감고 안아 올렸다.

"나, 나, 나를 어떻게 할 셈이야? 살려줘, 아짱!"

"아니…… 아짱 씨도 분명 나와 똑같이 행동했을 거야……. 당장 택시를 불러서 집까지 바래다줄게."

"그, 그, 그렇게 말하고…… 이, 이, 이상한 곳에 데려갈 거지! 음탕미나토!"

……뭐, 이 정도로 농담을 할 수 있다면 괜찮으려나?

"이상한 곳이 어딘데? 구체적으로 가르쳐줘."

"그, 그, 그러니까! 그, 그건…… 모, 모, 몰라! 모른다고!"

"그럼 내가 말해줄게. 네가 상상한 곳은——."

"그, 그, 그만해! 그만하래도! 그런 상상은 눈곱만큼도 하지 않았어! 그, 그만 입 다물어!"

하루사메는 내 품속에서 펑 소리가 날 정도로 얼굴을 새빨갛게 물들이고 양손을 휘둘러 내 입을 막았다.

"잠깐…… 버둥대지 마! 나까지 넘어져…… 우와아아!"

하루사메가 날뛰는 통에 균형을 잃고 뒤엉키듯 다시 하루사메는 내 위에 올라탔고, 하루사메의 뜨거운 체온이 내 온몸에 전해졌다.

결국, 날뛰는 하루사메를 어떻게든 진정시켜 다시 한번 안아 일으키기까지 5분은 걸렸다.

그 뒤.

나는 하루사메를 천천히 앉히고 택시 회사에 연락했다.

아라이와 카미야마에게 메시지 앱으로 간략히 상황을 설명하고 학교 밖으로 나와 하루사메와 둘이 교문 앞까지 와 있던 택시에 탔다.

택시 기사님께 어렵사리 주소를 전한 하루사메는 그대로 내 어깨에 기대더니 정신을 잃듯 잠들었다.

라디오에서 때 이른 크리스마스 노래가 흐르는 택시 안에서 나는 크게 숨을 내뱉으며 하루사메의 얼굴을 보았다.

눈꺼풀을 닫고 눈썹을 찌푸렸다. 입을 찡그리며 거친 호흡을 반복하고 있었다.

몸이 좋지 않으면 더 빨리 말하면 좋을 것을 이 녀석은 왜——.

거기까지 생각하고 깨달았다. 말할 수 없는 이유가 있지 않았을까……?

적어도 몸이 좋지 않다고 말할 수 없는 사이는 아니라고 생각한다. 그렇다면 왜 하루사메는 몸이 좋지 않다는 걸 숨기고 정리 작업을 했을까?

최근에 이 녀석의 모습이 이상했던 것과 뭔가 관계가 있을까?

나는 흔들리는 택시에 몸을 맡기며 생각해 보았다……. 하지만 허사였다.

옆에서 잠든 하루사메의 얼굴을 보았다.

하루사메는 눈에서 작은 눈물을 한 방울 흘리더니 잠꼬대하듯 중얼거렸다.

"……올해도…… 글렀……나……?"

나는 하루사메의 뺨에 흐르는 눈물을 살며시 닦고 머리를 마구 헝큰 뒤 답답한 마음으로 배 속에서 잿빛 한숨을 토해냈다.

형언할 수 없는 무력감에 시달리며 우리의 문화제는 씁쓸한 추억과 함께 막을 내렸다.

하루사메와 친구

kamiyama san no
Kamibukuro no
naka niha

■ 아라이는 쌩쌩하다

"분명 이 근처일 텐데……."

머리 위에는 겨울의 묵직한 구름과 잿빛 하늘.

살갗을 찌르는 차가운 바람에 우리는 나란히 몸을 움츠렸다.

한적한 주택가의 한가운데에서 목적지인 집을 찾았다. 이전에 왔을 때의 기억을 되짚으며 걷다가 마침내 그것을 발견했다.

깔끔하게 손질된 정원에 밝은 인상을 주는 오렌지색 외벽. 어디에나 있을 법한 아주 평범한 단독주택. 그곳이 오늘의 목적지였다.

"여기야? 코미나토."

인터폰 앞에서 옆에 있던 아라이가 이쪽을 보았다.

"응, 분명 여기야……. 문패에 아마노라고 적혀 있고."

아라이에게 대답하며 문패를 가리켰다.

"하…… 하하하하하하루사메…… 괜찮을……까……?"

카미야마가 종이봉투 안에서 낸 걱정스러운 목소리가 겨울의 차가운 바람에 날아갔다.

씁쓸했던 문화제가 끝난 뒤 사흘이 지났다. 하루사메는

문화제 다음 날부터 계속 등교하지 않았다. 메시지 앱으로 연락을 하자 감기에 걸려서 한동안 쉬겠다는 답장이 왔다. 하지만 사흘이 지난 오늘도 학교에 하루사메의 모습은 없었다.

사흘이나 지나자 역시 걱정이 돼서 누가 먼저랄 것도 없이 문병하자는 이야기로 흘러갔고, 이렇게 지금에 이른다.

그 뒤……

문화제 날 밤, 택시에서 하루사메를 바래다준 뒤 계속 머릿속에서는 하루사메의 눈물이 아물거렸다. 물론 그날 하루사메가 흘린 눈물을 옆에 있는 두 사람은 모른다.

그 눈물은 뭐였을까……?

왜 하루사메는 감기 기운을 참으면서까지 정리 작업에 힘썼을까……?

생각하자 마음에 구름이 낀 듯해서 뭐라 표현할 수 없이 불편하기만 했다. 오늘의 문병도 솔직히 어떤 얼굴로 보면 좋을지 모르겠다.

하지만 그래도 아무것도 하지 않는 것보다 낫다고 생각한다. 만나서 이야기하면 뭔가가 변하지 않을까? 그렇게 어렴풋한 기대를 가슴에 품고 나는 초인종을 눌렀다.

차가운 하늘 아래에서 한동안 대답을 기다리자 안에서 여자의 목소리와 함께 허둥지둥 걷는 소리가 들려왔다.

"네~에, 지금 나가요~."

살며시 열린 문에서 나타난 사람은 우리보다 두세 살 많아 보이는 누나였다. 머리 모양은 달랐지만, 얼굴도 덩치도 하루사메와 똑 닮아서 한눈에 하루사메의 언니라는 것을 알 수 있었다.

하루사메의 언니는 우리를 보자마자 얼굴이 환해졌다.

"코미나토랑 친구들…… 맞지? 오늘은 문병을 와줘서 고마워. 하루사메에게 많이 들었어."

나는 하루사메의 언니에게 꾸벅 고개를 숙였다.

"저기, 오늘은 갑자기 찾아와서 죄송합니다. 저기…… 하루사메는 좀 어떤지—."

"네가 코미나토구나!"

하루사메의 언니는 현관에서 쏙 튀어나와 내 옆으로 달려오더니 얼굴을 올려다보았다. 내 손을 꽉 잡고 산책에 데려가는 강아지 같은 미소로 붕붕 휘둘렀다.

"엥, 아, 저기…… 저, 저를 아세요……?"

하루사메의 언니는, 물론이지, 라며 기쁜 듯 대답하더니 뒤에 있는 두 사람에게도 말을 걸었다.

"네가 코미나토라면 거기 있는 키 큰 아이는 카미야마고…… 그렇다면 여기 예쁜 아이는 아라이인가? 하루사메에게 늘 이야기는 들었어. 자, 어서 들어와."

우리를 보고 정말로 기쁜 듯 미소 짓는 하루사메의 언니는 빙글 돌아보더니 현관 쪽으로 돌아갔다.

이 문병을 계획한 건 오늘 점심시간이다. 불과 몇 시간 전이다. 하루사메 본인에게는 일단 메시지 앱으로 허락은 받았지만, 가족에게 이렇게 환영을 받으니 고마웠다.

……그건 그렇고, 하루사메에게 언니가 있을 줄은 몰랐네.

"그 녀석에게 저렇게 싹싹한 언니가 있었을 줄이야. 하루사메도 조금은 본받으면 좋을 텐데."

나에 이어 신발을 벗던 아라이가 고개를 갸웃거렸다.

"으~음…… 하루사메는 분명…… 외동이라고 했던 것 같은데……."

아라이가 의아한 듯 고개를 갸웃거리자 현관에서 샌들을 다 벗은 하루사메의 언니가 빙글 돌아보았다.

"아…… 나는 하루사메의 엄마야! 잘 부탁해! 서서 그러지 말고 얼른 들어와."

이쪽을 향해 고개를 까딱 숙이고 돌아서서 복도를 걷는 하루사메의 어머니.

어머니……라고?!

아무리 봐도 우리와 비슷한 나이로밖에 안 보이지만 본인이 그렇게 말한다면 그럴 테지…….

하루사메의 어머니는 우리를 안내하며 기쁜 듯, 그리고 조금 부끄러운 듯한 얼굴로 거실로 들여보내 주었다.

"지저분해서 미안해. 오늘은 문병을 와줘서 고마워. 지금 청소하다 잠깐 쉬는 사이에 간식을 먹으며 먹이사슬의 정점을 정하느라."

하루사메의 어머니는 쑥스러운 듯 말하며 차를 척척 준비했다.

지저분하기는커녕 잘 정돈된 밝고 깔끔하며 좋은 향기까지 나는 거실의 소파에 앉으라고 안내받은 데다 차까지 내어주니 고맙기도 하고 미안하기도 했다. 그리고 어쩐지 이상한 말도 들린 것 같지만 기분 탓일까?

"아, 아니에요……. 오늘은 갑자기 찾아와서 죄송합니다. 신경 쓰지 마세요……. 저희는 하루사메 얼굴만 잠깐 보고 바로 갈 거예요."

분명 뭔가를 잘못 들은 것이리라.

먹이사슬이 어쩌고저쩌고하는 소리를 들은 것 같지만, 분명 기분 탓일 것이다. 그런 게 틀림없다.

그렇게 생각하며 테이블 위를 보자 먹다 만 과자가 눈에 들어왔다.

다양한 동물 모양을 본뜬 쿠키 몇 개가 잇자국이 난 상태로 접시 위에 놓여 있었다.

간식을 먹던 중이라고 말했는데, 말 그대로 먹던 도중이었던 건가? 미안한 짓을 했네……라며 미안한 마음을 느끼다가 이상한 점을 알아챘다.

접시 위에 있는 몇 개의 쿠키가 모두 반쯤 먹다 만 상태로 놓여 있었던 것이다.

하나라면 이해하지만, 모두가 한 입 깨문 상태로 놓여 있었다. 사자는 앞다리를, 고릴라는 팔을, 기린은 두 다리를 각각 베어 먹은 듯 없었다.

뭐……지, 이거…….

내 시선을 알아챘는지 하루사메의 어머니는 쑥스러운 듯 말했다.

"지저분해서 미안해. 아직 정점을 정하지 못했어. 아, 참! 오늘은 하루사메의 문병을 와줘서 고마워, 얘들아."

역시 잘못 들은 게 아니었다. 하지만 전혀 의미를 모르겠다.

무슨 뜻인지 추측조차 하지 못하고 있는데 아라이가 반장답게 공손히 예를 표했다.

"아니에요, 저희야말로 갑자기 찾아와서 죄송합니다. 하루사메는 좀 어떤가요? 아, 이제 곧 정점이 정해질 것 같네요."

"이제 상당히 좋아진 모양이야. 지금은 방에서 자고 있을 테니 조금 이따 가보렴. 응, 오늘은 사자가 이길 것 같네."

"역시 사자는 강하네요."

아라이와 하루사메의 어머니는 빈번히 쿠키를 보며 즐거운 듯 담소를 나누었다.

멀쩡한 대화와 카오스인 대화가 교대로 크로스오버 되어 나는 이제 인내심이 한계에 이르렀다.

"저기…… 아라이는 알고 있는 것 같은데, 아까부터 무슨 소리를……."

내 질문이 채 끝나기도 전에 아라이가 입을 열었다.

"뭐냐니…… 먹이사슬의 정점을 정하는 거지, 코미나토."

"그게 뭐냐고 묻는 건데……."

그러자 하루사메의 어머니가 즐거운 듯 쿠키를 손에 들었다.

"이렇게 두 마리를 마주 보게 놓잖아?"

하루사메의 어머니는 먹다 만 사자와 기린을 각각 손에 들더니 어린아이가 인형 놀이를 하듯 두 개를 부딪쳤다.

"그걸~ 어흥~ 먹어버리겠다~. 꺄~ 그만해~ 아파~ 그만해~…… 그만……해…… 먹……지…… 마……. 어두워……. 아……파……. 이…… 이제 아프지…… 않……아……."

처음에는 즐거워 보였던 쿠키 인형 놀이가 서서히 생생해지더니 마지막에는 서스펜스 영화처럼 변하며 기린이 숨을 거두었고…… 동시에 이긴 사자가 기린에게 덤벼들었다.

접시 위에서 쓰러진 기린의 몸을 탐하듯 우걱우걱 먹는 사자.

……물론 먹는 것처럼 연출하여 쓰러진 쪽의 쿠키를 능숙하게 잘라 자기 입속에 넣으며 인형 놀이를 이어가는 하

루사메의 어머니.

"……후…… 다음 상대는 어느 놈이냐……? 백수의 왕이라는 이름은 허투루 얻은 게 아니다……! 이 몸이야말로 지상의 지배자다……. 후하하하하하하…… 이런 느낌으로 정점을 정하지."

정하긴 뭘 정해? 그 놀이는 뭔데……?

나와 카미야마가 다만 조용히 모습을 바라보자 아라이도 즐거운 듯 대화에 가담했다.

"아, 그래서 마지막에 남은 한 마리가 먹이사슬의 정점에 서는군요."

그렇게 말하고 빙긋 웃는 아라이가 무섭다. 엄청 무섭다.

"응응, 하지만 마지막엔 내가 먹으니 먹이사슬의 정점에 서는 건 우리 인간이겠지."

즐거운 듯 고개를 끄덕이는 두 사람. 놀이가 너무 심오하다.

마치 오늘의 밥은 잘 지어졌다는 듯 빙긋 웃으며 이야기하고 있지만, 전혀 따라갈 수가 없고 따라가면 그 앞은 낭떠러지일 것 같았다.

아라이는 대체 어떻게 따라가는 건지 궁금했지만, 답이 무서워서 입을 다물기로 했다.

나는 두 사람이 한동안 신기한 놀이 이야기를 나누는 가운데. 옆에서 나와 마찬가지로 굳어 있던 카미야마에게 살며시 말을 걸었에다.

"카미야마는 한 적이 있어……? 방금…… 알 수 없는 그것……."

"나…… 나도 전혀 모르겠어……. 다행이야……. 나만 모르는 줄 알았어……."

카미야마는 그렇게 말하며 종이봉투를 붕붕 가로저었다.

그 박자에 종이봉투 끝에서 삐져나온 머리카락에 맺혀 있던 땀이 튀어 내 뺨을 적셨다.

여기서 카미야마까지 찬동했다면 내 머리가 어떻게 될 것만 같았기에 안도하는데 아라이가 갑자기 내 쪽을 향했다.

"……그렇게 된 건데…… 듣고 있어? 코미나토. 괜찮아? 나랑 어머님이 해볼 테니 잘 봐."

아라이의 눈이 웃지 않고 있다…….

내 쪽을 보는 듯하지만 내 머리보다 훨씬 뒤…… 어딘가 아주 먼 곳을 보는 듯 깊은 눈으로 내 쪽을 빤히 바라보았다.

"드, 듣고 있어! 기, 기대, 된다! 응, 그렇지? 카미야마!"

"그…… 그그그그그그러게! 기, 기대되는……지도……?"

그 뒤 한동안.

나와 카미야마는 밝고 깔끔한 데다 좋은 향기까지 나는 거실에서 두 사람이 움직이는 쿠키를 멍하니 바라보았다.

■ 코미나토 나미토는 생각하고, 신경 쓰고, 질문한다.

이유를 알고 싶지 않은 놀이로 달아오른 아라이와 하루사메의 어머니를 한동안 바라보았지만, 하루사메는 전혀 일어날 기색이 없었고 나는 무료하게 거실을 멍하니 보고 있었다.

그나저나 이 거실, 참 편안하네.

지금 테이블 위에서 오가는 대화는 그렇다 치고, 착석감이 좋은 소파에 따뜻한 나무의 온기가 느껴지는 목제 테이블. 그 위는 깔끔하게 정리되었고 탁상용 액자 하나가 놓여 있었다. 하루사메와 어머니, 그리고 아빠로 보이는 중년남성이 모두 웃으며 찍혀 있었다.

밝고 따뜻하고 마음이 편안해지는 느낌이었다.

분명 이 어머니 덕분일 것이다.

바깥은 한겨울의 구름 낀 하늘인데, 마치 이 집 안은 화창한 봄날로 착각할 법한 거실의 모습을 보니 하루사메가 어떤 가정에서 자랐는지 상상할 수 있어서 어쩐지 흐뭇한 기분이 들었다.

……그렇다면 조금 신경 쓰이는 것이 있다.

이렇게 평범하게 따뜻한 가정에서 자란 하루사메가 왜 마법 소녀 패널을 데리고 다니게 되었을까?

이전에 하루사메에게 '본래부터 친구를 사귀는 게 서툴러서 고등학교에 가면 이거라고 생각했다'라는 이유를 간단히는 들었지만, 왜 그게 마법 소녀 패널을 데리고 다닌다는 결론에 이르렀는지에 대해 자세히 들은 적은 없었다.

가만히 있으면 귀여운 얼굴인고, 그래 봬도 의외로 배려심도 있다. 그런 하루사메에게 왜 지금까지 친구가 생기지 않았을까?

내가 이렇게 대화부에 가입한 것도 본래는 나의 평온하고 무사한 고교생활을 되찾기 위해서다. 하루사메가 아짱씨 패널을 데리고 다니지 않게 되면 내 일상을 되찾는다는 목표에 한 걸음 가까워진다.

오늘은 좋은 기회일지도 모른다.

나는 하루사메의 문제를 해결할 실마리라도 잡을 수 없을까 싶어 테이블에서 신기한 놀이 이야기로 꽃을 피우는 하루사메의 어머니에게 말을 걸었다.

"저…… 저기……. 질문을 좀 해도 될까요?"

어머니가 아니라 아라이가 끼어들었다.

"고릴라와 사자 중 누가 강할지 궁금한 거지, 코미나토? 나는 사자라고 생각하는데, 너는 어때?"

"그거야 고릴라겠지. 숲의 현자를 얕보면 안…… 그게

아니야. 아라이, 그 이야기는 됐어……. 나도 카미야마도
전혀 따라갈 수가 없거든……. 저기, 어머니. 궁금한 게 있
는데요."

내 말에 아무리 봐도 언니로밖에 보이지 않는 어머니가
대답했다.

"어머, 어머니라니 코미나토도 성질이 급하구나? 하루사
메와 사귀니? 그 아이는 그래 봬도 맹한 구석이 있어…….
하지만 아주 착한 아이란다. 하루사메를 잘 부탁할게!"

깊게 머리를 숙인 어머니에게 나는 황급히 부정했다.

"아, 아니요, 죄송합니다. 말실수했네요! 하루사메 어머니,
질문이……. 저, 저기…… 하루사메는 왜 늘…… 그…… 그
런 패널을 데리고 다니는지…… 아세요?"

그러자 어머니는 갑자기 목소리 톤을 낮추고 말하기 힘
든 듯 대답했다.

"아짱…… 말이지……? 하루사메에게는…… 뭔가 들었
니……?"

본인이 없는 이 자리에서 어머니인 자신이 말해도 될지
망설이는 모습이었다.

나는 솔직하게 대답했다.

"꽤 오래전이지만, 친구를 원해서……라는 식으로 간단
하게는 들었어요. 하지만 자세히는 듣지 못해서……. 괜찮
다면 가르쳐 주실래요?"

그러자 어머니는 한번 짧게 숨을 내쉬고 천천히 입을 열었다.

"그래⋯⋯. 사이좋게 대해주는 너희에게라면 말해도 괜찮으려나⋯⋯? 우리가 이 마을에 온 건 딱 1년 전 이 무렵이란다. 하루사메가 중학교 3학년일 즈음이었지⋯⋯. 그 무렵에는 아직 아짱과는 아는 사이가 아니었어."

아는 사이가 아니었다⋯⋯. 즉, 패널과 함께 행동하지 않았었다는 뜻이리라.

나는 다음 말을 재촉했다.

"그럼 중3 겨울에 무슨 일이 있었나요?"

"글쎄⋯⋯ 무슨 일이 있었다기보다 이 마을에는 무엇이든 있었다⋯⋯고나 할까?"

무슨 뜻일까? 나는 가볍게 고개를 끄덕이고 또다시 다음 말을 재촉했다.

정신을 차리고 보니 카미야마와 아라이도 조용히 어머니의 이야기에 귀를 기울이고 있었다.

"그때까지 우리는 상당히 시골에 살았었지⋯⋯. 그래서 하루사메는 본 적도 이야기해 본 적도 없었어."

"본 적이 없었다니⋯⋯ 뭐를요?"

어머니는 곤란한 듯 미소 지으며 대답했다.

"젊은 사람을. 하루사메에게 또래인 젊은 사람은 텔레비전에서나 나오는 존재였어."

그리고 하루사메의 어머니는 대강의 전말을 이야기해 주었다.

하루사메의 가족은 지금까지 깡촌에 살았다. 마을에는 노인뿐이라 젊은 사람은 하루사메 혼자였다. 산속의 학교에서도 하루사메와 선생님 둘뿐이었다는 모양이다.

노인과는 의사소통이 익숙하지만, 또래인 젊은 사람과는 지금껏 접할 기회가 전혀 없었다고 봐도 무방했다고 한다.

이따금 번화가에 나간 적은 있지만, 대화할 기회는 없어서 태어나서 지금까지 또래인 젊은 사람에 대한 면역이 전혀 없이 하루사메는 이 마을로 온 것이다.

"──그래서 하루사메가 중학교 3학년 겨울에 이 마을에 이사를 왔지. 그 아이는 처음으로 동급생이라는 존재를 만났어. 하지만…… 제대로 이야기를 나누지 못했던 모양이야……."

"아아…… 어쩐지 알 것 같네요……."

나는 중3 무렵의 하루사메를 상상했다.

가만히 있으면 그럭저럭 귀엽게 생긴 하루사메다. 분명 갓 전학 왔을 무렵에는 몇 번인가 주위에서 말을 건 적도 있을 것이다. 하지만 그 녀석의 성격에 익숙지 않은 상황을 맞닥뜨리면 어떤 반응을 했을지 대충 상상할 수 있었다.

긴장해서 마구 떠들어 상대를 식겁하게 만들거나, 반대

로 대화에 끼려면 무슨 이야기를 해야 할지 필사적으로 생각하는 사이에 다음 화제로 넘어갔고 정신을 차리고 보니 아무 말도 하지 못했거나…… 아마 이랬을 테지.

게다가 시기도 좋지 않았다.

중3 겨울은 학급 내에서도 이미 인간관계가 고정되고, 나아가 졸업을 앞둔 시기다.

다른 친구들도 상태가 이상한 전학생을 억지로 자신들의 커뮤니티에 맞이할 이유가 없다. 지금까지 키워온 유대와 인간관계 속에서 그것을 공유할 수 있는 사람과 중학 시절의 추억에 빠졌을 시기.

그 속에 들어가기란 누구라도 쉽지 않다.

어지간히 의사소통에 능하지 않은 한, 그 시기에 새 친구를 사귀기는 상당한 고난이리라.

심지어 그때까지 친구를 사귀어 본 적도 없다면…… 아니, 애초에 또래인 젊은 사람과 대화한 적이 없다면 더더욱…….

언제였던가 마을회관에서 하루사메가 했던 "초면인 사람과 이야기하기는…… 힘들거든……"이라는 말은 하루사메 자신의 경험담이었나……?

익숙지 않은 마을.

익숙지 않은 학교.

익숙지 않은 젊은 사람.

익숙지 않은 장소.

그런 가운데, 당시의 하루사메는 생각했으리라.

그런데도 어떻게든 친구를 원한다. 어떻게 하면 친구를 사귈 수 있을까…… 하고.

그리고 그 결과로 그 패널을 골랐다는 말인즉, 어쩌면 하루사메가 패널을 데리고 다니는 것은——.

나는 내 추측을 말했다.

"……그럼 하루사메가 패널을 데리고 다니는 건…… 익숙해지기 위해서……인가요?"

내 말에 카미야마가 반응했다.

"이…… 익숙해져……?"

"그래, 젊은 사람이나 또래 정도의 학생에게 익숙해지기 위해서가 아닐까 해서. 그때까지의 하루사메는 친구를 사귀는 것도 익숙지 않았고, 애초에 또래 학생에게도 익숙하지 않았어. 익숙하지 않으니 실패했지. 그러니 익숙해지면 된다고 생각하지 않았을까……? 나이가 비슷한 인물이 항상 옆에 있으면 익숙해지지 않을까…… 하고…… 그 녀석이라면 그렇게 생각해도 이상하지 않지 않나…… 싶어서."

하루사메의 장점은 목표를 향해 노력을 아끼지 않는 점이며, 단점은 그 방향성이 잘못된 것이라고 나는 생각한다. 그런 그 녀석이라면 이렇게 생각해도 이상하지 않을…… 지도 모른다.

내 답을 듣고 있던 어머니가 대답했다.

"코미나토의 말이 맞아. 하루사메도 처음에는 많이 고민한 모양이야……. 그런데 어느 날, 웃으며 그 아이를 데려왔어. 그 뒤로는 계속 함께 있지."

이 발상의 원점은 딱히 특수한 사고방식은 아니라고 생각한다.

새로운 학교. 새로운 반.

집단 속에서 외톨이라는 건 형언할 수 없이 불편하다.

아무도 아는 이가 없는 집단에서 앞으로 어떻게 인간관계를 만들어 가면 될지 누구나 헤맬 것이다.

그런 상황에 만약 전부터 알던 사람이 한 명이라도 있다면——.

당시 중3인 하루사메는 그렇게 생각했을 것이다.

하지만 아는 사람은 한 명도 없는 동네. 심지어 친구는…….

아는 사람이 없으면 만들면 된다. 만들고, 익숙해지고, 모르는 사람밖에 없는 고등학교에 데려가면 된다.

그것이 어떤 결과를 낳을지 상상조차 할 수 없던 게 틀림없다. 여하튼 그때까지의 인생 중에서 한 번도 또래와 접한 적이 없었으니까.

애초의 사정은 알았지만, 한 가지 알 수 없는 게 있었다.

"그럭저럭 이해했어요……. 다만, 왜 아짱 씨였는지 어머니는 알고 계세요?"

그러자 어머니는 고개를 가로저었다.

"글쎄, 거기까지는……. 시골에서 자라서 놀거리가 적은 탓에 애니메이션을 자주 봤는데, 그 영향일까?"

"그렇……군요."

그 녀석이 왜 아짱 씨를 선택했는지까지는 알 수 없었지만, 대강의 사정은 이해했다. 그 녀석도 좀 더 나은 방법을 생각했으면 좋았겠지만…… 하고 생각하다 이내 마음을 고쳤다.

누구나 첫 경험일 때는 실패 한둘은 있는 법이다. 그 녀석은 그게 친구를 사귀는 일이었을 뿐이리라.

첫 장소, 첫 경험에 어쩌면 좋을지 몰랐던 하루사메는 그래도 자기 나름대로 생각했다. 생각하고 생각하고 또 생각한 결론이 그것이었을 뿐인 이야기다.

하루사메의 발상을 일률적으로 이상하다고도 치부할 수 없었다.

하지만 결과는——.

나는 어머니에게 답이 되지 않는 대답을 했다.

"그렇군요……. 하지만 결과는……."

내가 그 뒷말을 흐리자 눈앞의 어머니는 뜻밖의 말을 했다.

"응, 결과는 대성공이지."

응 대성공?

학교 안에서도 나쁜 의미로 유명인인 하루사메가 왜 성공했다는 걸까?

"성공이요? 저기…… 그…… 왜죠?"

그러자 어머니는 환한 미소로 이렇게 대답했다.

"그야 너희 같은 친구가 생겼잖니? 그 아이는 늘 내게 이야기해 준단다. 코미나토가 오늘은 이랬고, 아라이는 이랬고, 카미야마는 이랬다고. 클럽활동부에서 있었던 일이나 휴일에는 어디에 갔다거나……. 얼마 전에도 다 같이 수족관에 놀러 갔었지? 그날 일도 많이 얘기해줬어. 정말로 기쁘게 말이야. 게다가……."

어머니는 얼굴 한가득 미소를 지으며 말을 이었다.

"게다가…… 이렇게 일부러 하루사메를 걱정해서 문병을 오거나 하루사메를 더 알고 싶어서 내게 질문하거나. 그건 정말로 좋은 친구라는 뜻이잖아? 그러니까……."

어머니는 작은 몸을 꾸벅 구부렸다.

"앞으로도 하루사메를 잘 부탁해."

늘 바락바락 강한 척. 건방진 태도의 하루사메가 집에서 그런 이야기를 했구나.

나는 머리를 숙인 어머니에게 뭐라고 대답하면 좋을지 몰라서 어른이 머리를 숙인 불편함을 느끼며, 저야말로요, 라고만 겨우 대답했다.

그러자 어머니는 기쁜 듯한 얼굴로 어마어마한 이야기를 했다.

"아, 참. 그럼 건네주는 게 좋으려나? 아마 이 근처에 있었을 텐데…… 어디 갔지……?"

그렇게 말하며 무언가를 찾기 위해 자리에서 일어났다.

"건네요? 저……기, 뭘요?"

"아아, 이거야. 받아, 스페어 키. 나를 어머니라고 불렀다는 건…… 결국 그런 뜻이잖아? 그런 의미로도 하루사메를 잘 부탁해!"

"아, 아니요! 그건 그런 뜻이 아니라——!"

내 말을 기다리지 않고 어머니는 내게 열쇠를 꽉 쥐여주었다.

"그렇게 쑥스러워하지 마. 하여튼 하루사메도 참. 친구가 생겼다는 말은 들었어도 남자 친구가 생겼다는 말은 못 들었거든. 정말…… 엄마 삐졌어, 뿡뿡."

나는 처음으로 뿡뿡이라고 말하는 사람을 만났다.

이리하여 나는 하루사메네 집 스페어 키를 획득했다! ……나중에 적당히 돌려주자…….

스마트폰에 하루사메가, 일어났으니 방에 들어와도 돼, 라는 메시지를 보낸 것은 그 직후였다.

■ 하루사메는 고민한다, 그리고 그것을 감추려 한다

"카미야마도 아라이도…… 그리고 그 외에 한 명도 고, 고, 고마워……. 문병 와줘서……."

이곳은 2층에 있는 하루사메의 방.

침대 위의 하루사메는 조금 큰 사이즈의 파자마에서 살며시 나온 작은 손으로 자꾸만 머리카락을 매만지며 얼굴을 빨갛게 물들이고 쑥스러워했다. 평소에는 양옆으로 동그랗게 묶던 머리카락도 오늘은 풀어서 머리 모양이 다르니 얼굴의 인상도 달라 보였다.

평소에는 드센 하루사메도 이러고 있으니 평범한 여자애로 보였다.

게다가…….

나는 하루사메의 방을 둘러보았다.

생각보다 더 귀여운 소녀 느낌의 이 방도 거실과 비슷하게 잘 정돈되어 있었다. 놓여 있는 소품이 모두 소녀다웠는데, 연분홍색 커튼과 비슷한 색의 러그. 작은 솜인형이 침대 머리맡에 몇 개 놓여 있었다.

지금까지의 인생에서 여자애의 방에 들어온 경험이 없

는 나는 조금 긴장하며 그것을 들키지 않도록 평정을 가장했다.

……아짱 씨나 킷코 씨 패널이 벽에 세워져 있는 것도 무척이나 하루사메답다. 킷코 씨의 뒤에 아물거리는 세 명째 인물인 노란색 그림자는 못 본 걸로 해두고 싶다. 응, 이 기억만은 뇌에서 지우자. 나는 못 봤다.

말투는 평정을 가장했지만, 하루사메의 눈에 평소의 힘은 없었고, 뺨도 아직 살짝 빨갰다. 완전한 컨디션은 아닌 모양이었다.

분홍색 쿠션을 안은 파자마 차림의 하루사메에게 카미야마는 부스럭거리며 종이봉투를 향했다.

"하……하하하하하루사메……! 문…… 문…… 문병…… 왔어……. 몸은…… 어때……?"

종이봉투 속에서 떨리는 목소리를 내는 카미야마에게 쿠션을 안은 채 하루사메가 대답했다.

"응…… 이제 고비는 넘겼어……. 나…… 이 감기가 나으면 학교에서 클럽활동을 할 거야……."

뭔가 플래그를 세우기 시작한 하루사메에게 나는 평소의 모습으로 대답했다.

"이상한 플래그를 세우려 하지 마……. 죽는 거야?"

"주, 주, 죽지 않아. 무례하네! 나는 불사신이야! 오히려 네가 죽어, 쓰레기나…… 콜록…… 콜록……."

하루사메는 침대 위에서 내게 소리 지르려다 기침을 해 댔다. 평소처럼 농담했다가 무리하게 만든 모양이다.

나는 순순히 반성하며 하루사메를 생각해 말을 골랐다.

"미안, 미안. ……나도 너도 죽지 않아서 다행이야. 몸 은…… 아직 별로 좋지 않은 모양이네. 오늘은 얼굴만 보 고 금방 갈게. 얼른 학교로 돌아와."

그러자 하루사메는 당황한 듯 쿠션을 꽉 끌어안았다.

"가게……? 따, 따, 딱히 그렇게 금방 가지 않아도 되잖 아! 조…… 좀 더 있어……. 그, 그, 그래! 다 같이 자고 가 도 돼!"

문병을 왔다가 자고 갈 수는 없다. 이상한 소리를 하기 는 했지만, 이 녀석도 이 녀석 나름대로 쓸쓸했을 것이다. 한동안 학교에 오지 못하고 제 방에서 이렇게 혼자 있었다. 계속 잠만 잤으니까.

하지만 환자의 방에 쳐들어와 오래 머무르기도 조심스 러웠다.

내가 완곡히 거절하려 하자 옆에 있던 아라이가 입을 열 었다.

"하루사메, 건강해 보여서 다행이야. 하지만 오늘은 조 금만 있다가 갈게. 기껏 제안해줬지만, 오늘은 우리 파자 마도 안 가져왔으니 자고 갈 수 없어……. 파자마만 있었 어도……."

아라이 나름의 변명인 줄 알았는데 복장에 대해 아라이가 괜한 소리를 한 적은 없다. 자세히 보니 눈도 진지했다.

아라이는 진심으로 아쉬운 듯한 얼굴로 다시 한번, 파자마만 있었어도……라고 중얼거렸다.

문제점은 그게 아니지만, 방향성은 틀리지 않았으니 상관없으리라……. 아마도.

하루사메는 조금 실망한 표정을 짓더니 평소의 악착스러운 얼굴로 되돌아왔다.

"마, 마, 맞아! 파자마가 없으면 잘 수 없지……. 그, 그래! 괘, 괘, 괜찮다면 내 파자마를 입어도 돼……. 아, 하지만 카미야마에게는 안 들어가려나……? 아쉽다……. 하, 하지만 괜찮아. 내일은 분명 건강해져 있을 테니까……. 나는 이 감기가 나으면 클럽활동을 할 거야……!"

"그러니까 이상한 플래그를 세우지 말래도. ……오늘은 오랜만에 하루사메의 얼굴을 봐서 좋았어. 안심했어. 얼른 나아서 또 학교에서 클럽활동을 하자."

내가 그렇게 말하자 하루사메는 어째서인지 갑자기 펑 소리가 날 정도로 얼굴을 새빨갛게 물들였다.

"어, 어, 얼굴을 봐서…… 조, 조, 좋았어?! 그, 그, 그건 무슨 뜻이야……? 그…… 그러고 보니 너, 요전번에도 문화제가 끝나고 정리할 때…… 부실에서 내 몸에……. 호, 호, 혹시 역시 야한 생각을 하는 거야?! 이…… 음탕미나토!"

"코, 코미나토…… 부실에서 몸에……라니…… 하루사메에게 무무무무무슨 짓을 했어……?"

카미야마가 걱정스레 내 쪽에 종이봉투를 기울였다.

"아니, 자, 잠깐! 요전번에 하루사메가 감기에 걸렸을 때 이런저런 일이 있어서……."

나도 모르게 횡설수설했다.

그런 우리에게 아라이가 다정하게 미소 지었다.

"괜찮아, 하루사메. 그리고 카미야마도. 코미나토는 그런 게 아니니까. 나는 알고 있어."

수상쩍은 표정의 하루사메와, 불안한 듯한 종이봉투 속의 카미야마를 방긋방긋 웃으며 타이르는 아라이.

"코미나토는 그런 게 아니야. 코미나토는 하루사메가 물고기가 아닐까 의심하는 면이 있어서. 그래서 평범한 방에서 잠든 하루사메를 보고 인간이라 다행이라고 안심한 거야. 맞지, 코미나토? 물고기라면 수조에서 잘 테니까."

아라이가 말했다.

"무, 무, 물고기?! 너…… 대체 물고기로 뭘 할 셈이야……! 서, 서, 설마…… 본격적인 변태야……?!"

"코…… 코코코코미나토……! 코미나토는 물고기를…… 조조조좋아해……? 나도 좋아해……. 맛있잖아……. 응."

카미야마가 말했다.

누구 하나 대화가 맞물리지 않는 이 상황을 정리할 힘은 내게 없다. 집에 가고 싶다. 진짜로 가고 싶다.

……하지만.

나는 조금 안도했다.

요즘 상태가 이상했던 하루사메가 평소의 모습으로 돌아온 것 같았기 때문이다.

말이 통하는 건지 안 통하는 건지……. 설령 통하지 않는대도 시끌벅적하게 즐거워 보이는 세 사람의 대화를 그냥 듣고 있는데 갑자기 하루사메가 뱉은 말이 귀에 들어왔다.

"무, 무, 물고기를 뭐에 쓰는데? 어떻게 된 거야……? 모든 게 의문이야……. 하지만 나는 인간이니 유감이네……. 게, 게, 게다가…… 감기도 제법 좋아졌고, 내일이나 모레는 학교에도 갈 수 있을 거야……. 얼른 이 감기가 나아서 또 클럽 활동을 할 거야……! 하, 하지 않으면 **안 되**니까……."

──또다.

이 말에 나는 위화감을 느꼈다.

하루사메는 지금 하지 않으면 안 된다고 말했다.

하고 싶다가 아니라 하지 않으면 안 된다고.

나의 뇌리에 택시 안에서 본 그 눈물이 떠올렸다. 생각해 보면 지난 몇 달 동안 하루사메의 모습은 이상했다.

길거리에서 엉덩이를 흔들며 주위의 눈을 신경 쓰지 않고 행동하려 하거나, 문화제가 끝나고 정리할 때도 몸이 아픈 것을 숨기면서까지 하려고 하거나…… 게다가 지금

한 말도 그렇다.

뭐가 이 녀석을 그렇게 내모는 거지?

나는 넌지시 물어보기로 했다.

"하, 하루사메…… 뭔가 요즘…… 음…… 곤란한 일이라도 있어?"

그러자 침대 위의 하루사메는 평소의 악착스러운 얼굴로 시치미를 뗐다.

"따, 따, 딱히 없어! 딱히……."

그렇게 말하며 하루사메는 안고 있던 쿠션을 몸에 꽉 끌어당겼다.

나는 한번 짧은 한숨을 쉬고 침착한 톤으로 말했다.

"……나는 전에 도움을 받은 적이 있잖아? 그래서 그때의 보답을……."

보답하고 싶어. 나는 그렇게 말하려다 말았다.

보답하고 싶은 게 아니다. 보답은 한 번 하면 끝난다.

내가 이 녀석에게 하고 싶은 것…… 하고 싶은 것은…….

나는 조금 부끄럽지만, 꾹 참으며 말을 고쳤다.

"아니, 보답이 아니야. 전에 네가 말했지? 동료라고. 그러니까 나도 동료로서 네가 곤란하다면 돕고 싶다고……그…… 생각해……."

내 말을 듣고도 하루사메는 아직 눈을 내리깔고 있었다.

하지만──.

"나…… 나나나나나도 하루사메의 친구고, 그…… 도…… 동료……야……."

"그래……. 요즘 하루사메는 어딘가 이상했어……. 코미나토가 말을 꺼내길 잘했어. 뭔가 도울 수 있는 일이 있을까?"

카미야마와 아라이도 말을 이었다.

"……얘들아."

하루사메는 침대 위에서 얼굴을 들고 우리의 얼굴을 순서대로 바라보았다.

그리고 일순 미소를 짓더니 이내 안타까운 듯한, 슬픈 듯한 표정을 지었다.

"고, 고, 고마워……. 나…… 그렇게 생각해줘서…… 정말 기뻐……. 하지만 이것만은 너희가 할 수 있는 건 없어……."

하루사메의 말이 단숨에 방의 분위기를 무겁게 했다.

아무 말도 하지 못하는 우리에게 하루사메는 눈을 내리깔고 조용히 입을 열었다.

"……오늘은 고마워. 몸이 좀 안 좋으니 오늘은 그만 돌아가……줄래……?"

수십 센티미터 앞의 침대에 있는 하루사메가 갑자기 아주 먼 곳으로 가버린 듯한 느낌이었다.

차갑고 무거운 분위기.

그런 분위기를 바꾸듯 아라이가 평소보다 밝은 톤으로

말했다.

"그, 그래……? 그럼 오늘은 그만 갈게. 우리가 할 수 있는 일이 있으면 언제든 말해줘."

"나…… 나나나나도 뭐든 도울게……. 아니, 하고 싶어……."

두 사람은 그렇게 말하고 방문 쪽으로 갔다.

하지만 나는 그 자리에서 움직일 수 없었다.

"……왜 그래? 코미나토…… 오늘은 가자."

아라이의 말이 멀게 들렸다.

생각해라. 나는 아까 뭘 기뻐했지?

평소의 하루사메가 돌아와 줘서. 평소의 일상이 돌아와 줘서.

나는…… 나는 기뻤던 게 아닌가?

『너희가 할 수 있는 건 없어.』

하루사메는 그렇게 말했다.

그것은 언젠가의 내가 했던 생각과 똑같지 않나?

"코…… 코미나토……?"

카미야마의 종이봉투 끝에서 땀 한 방울이 조용히 이 방의 러그를 적셨다.

할 수 있는 게 없다……. 정말로 그럴까? 가령 정말로 그렇다고 해도…….

택시 안에서 흘렸던 하루사메의 눈물.

아까 어머니에게 들었던 하루사메의 과거.

과거의 하루사메에게 없고 지금의 하루사메에게 있는 것…… 그것은——.

"미안하지만 오늘은 그만 가……. 정말로 몸이 안 좋아……. 다시 기운을 차릴게……. 다시 건강해져서 클럽활동을 할 테니까…… 열심히 할 테니까……."

그렇게 말하고 얼굴을 돌린 하루사메를 무시하고 나는 그 자리에서 털썩 앉아 하루사메를 똑바로 바라보며 말했다.

"안 갈래."

"잠깐, 코미나토……. 하루사메도 그렇게 말하는데 오늘은 그만……."

곤혹스러워하는 아라이를 무시하고 말을 이었다.

"설령 해결하지 못한대도 좋아. 그래도 고민을 공유하는 정도는 할 수 있어. 그러니까 말해줘."

"무, 무…… 무슨 소리야……? 바보 아니——."

"바보여도 좋아. 그래도…… 아무것도 하지 못한대도 나는 듣고 싶어."

"……딱히 괜찮대도! 끈질기네! 그만 가!"

"안 가! 네 문제는 내 문제야! 그러니까 안 갈 거야. 왜냐하면 이건 네가…… 하루사메가 한 말이니까. 게다가……."

그다음 말을 하기가 솔직히 부끄러웠다. 하지만 지금 내 부끄러움 따위는 상관없다. 내가 생각하는 것을 솔직하게 전하고 싶다. 그렇게 생각했다.

"게다가…… 우리는 대화부잖아? 대화 연습을 하는 클럽 활동……이잖아? 그, 그러니까…… 대화를 하지 않을래? 아무것도 하지 못한대도 대화를 하자. 하루사메…… 너 클럽활동을 해야 하잖아? 그렇다면 하루사메…… 우리와 대화하자."

내가 끝까지 말하자 하루사메는 깜짝 놀란 표정을 지었다.

"……그, 그렇게까지 말한다면 이야기해도 좋아……. 하, 하지만 아마…… 모두 할 수 있는 건 아무것도 없겠지만…… 그래도 좋다면…… 대화……해도 좋으……려나……? 하지만 정말로…… 그래도…… 좋아……?"

나는 빙긋 웃으며, 당연하지, 라고 대답했다.

카미야마도 뒤를 이었다.

"……하…… 하…… 하루사메……. 저기…… 나도 전에 모두에게 도움을 받아서……. 그래서 조금…… 아주 조금은…… 앞으로 나아갔으니……. 그러니까 하루사메도, 만약 싫지 않다면…… 들려줬으면…… 좋겠……어. 왜냐하면…… 우리는…… 그…… 치…… 친구……니까……!"

늘씬하게 긴 양손을 몸 앞에서 꽉 쥐고 커다란 가슴을 짓누르며 카미야마가 말했다. 말은 곳곳이 떨렸고, 지금도 종이봉투 끝에서는 뚝뚝 땀이 떨어져서 깔린 러그를 적셨지만, 카미야마는 그녀 나름대로 열심히 하루사메의 마음에 들어가려 한다는 것만큼은 전해졌다. 보통은 별로 다른 사람과 거리를 좁히지 않고 넘어가는 일이 많은 카미야마의 최선이었을 것이다.

아라이도 뒤를 이었다.

"응, 맞아. 내가…… 아니, 우리가 할 수 있는 게 없어도 뭔가 힘이 되고 싶은걸."

우리 셋의 진지함에 두 손을 들었는지 하루사메는 짧게 한숨을 내쉬고 이쪽을 향했다.

"아, 아, 알았어……. 정말이지 너희들……. 하지만…… 드, 드, 들어도…… 웃지 않을 거지……?"

그렇게 말하며 침대 위에서 얼굴을 새빨갛게 물들인 하루사메에게 나는 미소를 지었다.

하루사메는 새빨간 얼굴로 툭 내뱉었다.

"그럼 말하겠는데…… 오, 오, 오지 않았어……."

오지 않았다니 무슨 소리지?

"오지 않아? 뭐가 오지 않았는데?"

그러자 하루사메는 더욱 얼굴을 새빨갛게 물들이고 말을 이었다.

"그, 그러니까 오지 않았다고……. 내게……! 작년에……. 그러니까 올해에는 노력해야 한다고…… 착한 아이가 되어야 한다고 생각해서……. 하, 하지만…… 이래저래 잘 안 돼서……. 문화제도 실패했고……."

그렇게 말하며 하루사메의 표정이 흐려졌다.

하지만 무슨 말을 하는지 알 수 없었다.

"잘 모르겠는데…… 뭐가 오지 않았다는 거야?"

그러자 하루사메는 이불로 입가를 가리며 들릴락 말락 한 작은 목소리를 냈다.

"……타……."

"타? 미안해. 잘 못 들었——."

되물은 내게 하루사메는 새빨간 얼굴을 향하더니 두 눈을 힘껏 감고 힘차게 이렇게 말했다.

"사, 사, 산타 할아버지! 산타 할아버지가 오지 않았다고!"

일순 의미를 이해하지 못한 내게 하루사메는 조금 침착함을 되찾고 새빨간 얼굴을 숙이며 말했다.

"……산타 할아버지가 오지 않았어……. 작년 크리스마스에……! 나, 나, 나는…… 착하게 지냈다고 생각했는데…… 아니었던 모양이야……. 그, 그, 그래서 올해는 착하게 지내야 한다고…… 생각해서……."

마지막은 꺼질 듯한 목소리로 말하는 하루사메.

산타…… 할아버지……?

산타 할아버지라면 그 산타 할아버지…… 맞지? 달리 또 없지?

"아…… 산타 할아버지라면…… 그거지……? 그 산타 할아버지…… 맞지……?"

"달리 무슨 산타 할아버지가 있는데! 내가 나쁜 아이라고 비웃고 싶으면 비웃어! 어, 어차피 네게는 왔지? 카미야마도 아라이도 둘 다 착한 아이고 쓰레기나토도 의외로 착한 구석이…… 꽤 있고……. 모두에게는 왔지……? 이런 건 나만……. 그러니까 창피해서 말하고 싶지 않았어……."

그렇게 말한 하루사메는 얼굴을 새빨갛게 물들이고 쿠션에 얼굴을 묻었다.

결국 그거냐……? 하루사메는 그걸 믿는 거냐?

그것으로 모든 게 이어졌다.

이 녀석이 왜 길바닥에서 지갑이나 곤경에 빠진 할머니를 찾았는지.

문화제에서 왜 그토록 고집스레 노력했는지.

하루사메는 착한 아이가 되고 싶었던 것이다.

착한 아이에게는 산타클로스가 온다.

그렇게 믿는 하루사메에게 작년 크리스마스에 산타클로스가 오지 않았다. 그래서 하루사메는 생각했으리라. 자신은 나쁜 아이라고. 그래서 올해를 노리며 분발한 것이다. 그리고 그 결과가 이 헛발질.

쿠션으로 얼굴을 가린 채 침대 위에서 작은 몸을 더욱 작게 움츠린 하루사메에게 뭐라고 말을 걸면 좋을지 알 수 없었다. 민감한 화제인데다 본인은 진지하게 고민하고 있다.

옆을 보자 카미야마와 아라이도 뭐라고 말을 걸면 좋을

지 망설이는 모습으로 형언할 수 없는 얼굴과 종이봉투를 하고 있었다. 아마 나도 비슷한 얼굴일 것이다.

네 문제는 내 문제다.

조금 전에 엄청난 말을 하고 말았다. 하지만 이것은 가정 문제다.

그 다정한 어머니가 왜 그런 짓을 했는지 이유는 알 수 없지만, 이 일에 관해 내가…… 우리가 할 수 있는 게 뭔가 있을까?

진짜 산타를 불러올 수는 없다.

하루사메의 부모님에게 올해는 산타를 보내달라고 부탁하는 것도 이상한 이야기다.

그렇다면 우리는 무엇을 할 수 있을까?

필사적으로 생각하며 나는 최근 하루사메의 모습을 떠올렸다.

쇼핑갔을 때의 일. 카미야마의 연습을 거들며 눈이 새빨개졌을 때의 일. 수족관에서 종이봉투를 준비했을 때의 일. 연습 시합이나 문화제가 끝나고 둘이서 정리하던 때의 그…….

그토록 고민하고 진심으로 노력한 하루사메가 보답받지 못하는 것은 원치 않았다.

이 하루사메를 어떻게든 해주고 싶다……. 같은 클럽활동의 동료로서, 친구로서, 그리고 무엇보다 이전에 내 마음을 풀어준 은인으로서.

이 문제를 해결할 방법은 없을까 생각하다 한 가지 아이디어가 떠올랐다.

"사정은 알았어……. 그렇다면——."

나는 하루사메 쪽을 향한 뒤 있는 힘껏 미소를 지었다.

"——그렇다면 지금부터 크리스마스까지 우리 대화부 활동은 모두 함께 거리로 나가서 착한 일을 하는 게 어떨까……? 요전번에 네가 하려던 걸 하는 거야……. 이번에는 모두 함께."

크리스마스까지 약 한 달. 하루사메는 분명 혼자서 요전번처럼 계속해서 착한 일을 할 것이다. 그런 하루사메에게 우리가 할 수 있는 일은…… 하고 생각하던 때, 하루사메가 혼자 노력할 시간을 모두 함께 노력할 수 없을까? 그렇게 생각했다.

솔직히 이렇게 해도 하루사메에게 산타가 온다고는 장담할 수 없다. 그것과 이것은 별개의 문제다. 하지만 그렇다고 아무것도 하지 않을 수는 없었다.

내 제안을 들은 하루사메는 어안이 벙벙한 얼굴로 나를 보았다.

"착한…… 일……? 모두가……?"

"응, 착한 일. 전에 네가 했던 것처럼 분실물을 찾는다거나, 거리에서 곤경에 빠진 사람을 찾아서 돕는다거나……

뭐, 그런 일을 이번에는 모두 같이 하는 거야."

"그, 그런 건 대화부 활동과는 전혀 관계없잖아! 게다가…… 모두에게까지 민폐를 끼칠 수는 없어……."

그렇게 말하며 쿠션을 꽉 안고 얼굴을 숙인 하루사메에게 나는 대답했다.

"의외로 그렇지도 않지 않을까?"

여전히 얼굴을 숙인 하루사메를 대신해서 아라이가 반응했다.

"코미나토, 무슨 뜻이야?"

"왜냐하면 무언가를 하기 위해 거리로 나가 활동한다는 건 누군가와 얽힐 기회도 늘어난다는 뜻이잖아? 누군가와 얽힌다는 건 대화 연습도 될 거야……. 아니, 이건 이미 연습이 아닐지도 모르겠네."

이번에는 카미야마가 나를 보았다.

"여…… 연습이…… 아니다……?"

"응, 얼마나 착한 일을 할 수 있는지는 그때 가서 봐야 알수 있어. 게다가 어떤 좋은 사람과 좋은 대화를 할지도 그때가 되어야 알 수 있지. 상대도, 상황도, 내용도…… 모두 그자리에서 판단하고 대응하지. 그러니 이건…… 우리가 지금까지 해온 연습과도 연습 시합과도 달라……. 이건——."

나는 여기서 일단 말을 끊고 세 사람 쪽을 차례로 보았다.

우리가 하루사메를 위해 할 수 있는 일…… 그건.

"――이건 우리가 처음으로 맞이하는 **실전**이 아닐까?"

세 사람은 한동안 내 얼굴을 보았고, 가장 먼저 입을 연 사람은 카미야마였다.

"나…… 나…… 나는! 나는…… 할게……. 할래……! 하루사메를 위해서도…… 나…… 나를 위해서도……!"

다음으로 입을 연 사람은 아라이였다.

"그래, 코미나토의 말이 맞을지도 몰라. 연습 시합도 좋은 결과로 끝났고, 슬슬 실전에서 우리의 실력을 시험해봐도 좋지 않을까? 응응."

아라이는 그렇게 말하고 방긋방긋 웃었다.

나는 두 사람에게 머리를 숙이며 감사를 말했다.

"둘 다 그렇게 말해주니 다행이다. 고마워. ……그래서 너는 어떤데?"

나는 침대 위에서 멍한 하루사메 쪽을 향했다.

"같이 하자, 하루사메."

"모…… 모두와 하면 분명…… 즐거울 거야……. 그러니까 하루사메도…… 하자."

카미야마도 아라이도 웃으며 하루사메 쪽을 빤히 바라보았다.

하루사메는 처음에 우리가 무슨 말을 하는지 모르겠다는 듯 어안이 벙벙한 얼굴이었지만, 이윽고 이해하자 순식간에 표정이 확확 바뀌었다.

기쁘다. 놀랍다. 창피하다. 미안하다. 그리고 다시 한 번…… 기쁘다.

아주 짧은 순간에 다양한 표정을 보인 하루사메는 목 속에서 쥐어 짜내듯 이렇게 말했다.

"고…… 고…… 고마워……. 고마워, 모두……."

눈물과 미소가 동시에 쏟아졌다.

하루사메는 가슴속 응어리가 풀린 듯 부드러운 얼굴로 웃으며 가느다란 손가락으로 눈물을 닦더니 다시 한번 말했다.

"고마워…… 정말로……. 나, 힘낼게……. 더욱더 힘낼게……. 그러니까 앞으로도…… 함께……."

그 뒤 한동안 우리는 앞으로의 일을 이야기한 뒤 하루사메의 방을 떠났다.

계단을 내려가는 내 뒤에서 아라이가 말을 걸었다.

"코미나토, 아까 그건 훌륭한 아이디어였어. 앞으로 있을 실전이 기대된다. ……하지만 산타 할아버지는……."

아라이가 무슨 말을 하고 싶은지는 너무나도 잘 알고 있었다.

나는 돌아보지 않고 말했다.

"알고 있어. 그쪽도 뭔가 생각해 볼게. 뭐…… 아마 어떻게든 되겠지."

어떻게든 할 수 있다는 자신감은 눈곱만큼도 없었지만, 지금의 나는 이렇게 대답할 수밖에 없었다.

우리가 아무리 거리에서 착한 일을 한대도 하루사메에게 산타가 찾아온다는 보증은 어디에도 없다. 이렇게 했는데 올해도 오지 않으면 하루사메는 어떻게 생각할까……?

이건 이것대로 무슨 수를 써야 한다…….

그런 생각을 하며 계단을 내려가 1층 복도에 다다르자 하루사메의 어머니가 서 있었다.

"오늘은 와줘서 고맙구나. 다시 건강해지면 학교에서 친하게 지내주렴."

어머니는 그렇게 말하고 빙긋 미소 지었다.

하루사메에게 산타가 오지 않은 건 이 가족의 문제다.

하지만 이 집의 모습과 어머니의 태도를 봐서는 가정에 문제가 있는 것 같지는 않았다.

적어도 이 어머니의 미소를 보고 있으면 조금 맹한 부분은 있을지언정 하루사메를 무척 사랑하는 것 같았다.

……그럼 아버지에게 문제가 있나?

나는 어떻게든 해결의 실마리를 찾고자 넌지시 질문했다.

"감사합니다……. 아…… 그러고 보니 오늘은 아버지가 안 계시나요? 가, 가능하면 인사만이라도 드리고…… 싶은데."

그러자 하루사메의 어머니는 아쉬운 듯한 얼굴로 대답

했다.

"그이는 계속 해외에 있거든. 일 때문에 혼자 갔어. 하루사메는 아빠를 많이 좋아해서 허전해하네."

아까 거실의 탁상용 액자에 있던 세 가족의 사진을 떠올렸다. 행복해 보이는 미소를 짓는 세 사람.

"아, 그렇군요……. 인사드리고 싶었는데……."

그렇게 대답하며 나는 이 문제가 왜 일어났는지 생각했다.

역시 이 가족에게 문제가 있는 것처럼은 생각되지 않……아니지——.

나는 아까 거실에서 본 지나치게 천진난만한 어머니의 모습을 떠올렸다. 문제가 있다면 이…….

나는 마음에 떠오른 의문을 해소하기 위해 어머니에게 거듭 질문했다.

"아…… 저기, 아버지께서는 언제부터 해외에 나가셨나요?"

"글쎄…… 작년 딱 이맘때쯤이었던가? 이 집에 이사 온 직후였어……. 그 뒤로 계속 돌아오지 않고 있지."

하루사메의 아버지는 작년 12월 초부터 해외에서 지내며 이 집에는 돌아오지 않고 있다.

갑자기 결정된 해외 부임……. 그렇다면 혹시…….

내 추측이 옳다면 이 어머니에게도…….

"저기…… 조금 이상한 질문을 드려도 될까요?"

"뭔데?"

"저기…… 어머니께는…… 그…… 작년에 산타클로스가 왔나요? 아, 이상한 질문을 드려서 죄송해요…… 아하하."

그러자 어머니는 놀라움을 감추지도 않고 대답했다.

"어…… 어떻게 알았니……? 역시 나는 착한 사람이 아니란 걸 알겠어……?"

"네? 그렇다면……?"

"응……. 내게는 오지 않았어……. 하루사메에게도……. 모녀가 나란히 나쁜 사람이었던 모양이야……. 그래서 올해야말로 분발하자고 하루사메와 둘이서 이야기했지!"

원인만은 확실히 알았다.

이 어머니 또한 하루사메와 마찬가지로 산타클로스를 믿는 것이다.

이 집에서는 지금까지 아버지가 산타였으리라. 그런데 갑작스러운 해외 부임. 아버지는 작년에 산타 역할을 할 수 없었다. 그래서 하루사메에게도, 그리고 어머니에게도 산타가 오지 않았다.

가족에게 문제가 없다는 것을 알고 안도했다.

하지만 그렇다면 대체 어떻게 하루사메의 문제를 해결할 수 있을까?

"저기…… 아버지께서는 올해엔 돌아오실 수 있을까요?"

내가 묻자 어머니는 뺨에 손을 대고 아쉬운 듯 대답했다.

"아마 올해 안에는 어렵지 않을까……? 연락도 드물 정도로 바쁜 모양이거든……. 어머, 전화 왔나? 잠깐 실례할게."

거실에서 어머니의 스마트폰이 울렸다.

아버지가 돌아오지 않아서야 올해도 이 두 사람에게 산타는 오지 않는다. 그렇다면 어떻게 문제를 해결하면 좋을까……?

내가 생각에 잠겨 있는데 어머니가 돌아와 내게 스마트폰을 내밀었다.

"코미나토, 잠깐 받아볼래?"

"저……요?"

이 전화가 내게…… 그리고 우리 대화부에게 한 줄기 빛이 되어 주지만, 지금의 나는 아직 그 사실을 몰랐다.

하루사메와 크리스마스

kamiyama san no
Kamibukuro no
naka niha

■ 하루사메의 양말 속에는

"그럼 슬슬 갈 건데 괜찮……을까……?"

고요한 주택가에 울리는 목소리가 생각보다 커서 나는 황급히 목소리 톤을 낮추었다.

달도 별도 보이지 않는 까맣고 무거운 밤공기. 시각은 슬슬 11시가 지나려 했다.

살갗을 찌르는 차가운 바람에 몸을 움츠리며 중얼거린 내게 아라이가 평소의 방긋거리는 표정을 보였다.

"괜찮아, 코미나토. 오히려 뭐가 불안한지 모를 정도로 괜찮아. 왜냐하면……."

그 뒤에 이어지는 아라이의 말은 전에 없이 진지했다.

"……왜냐하면 그 뒤로 우리는 노력했는걸. 열심히 착한 일을 잔뜩 했으니…… 그러니 괜찮아, 괜찮고말고."

문병 갔던 그 날.

하루사메에게 산타 이야기를 들은 우리는 크리스마스이브인 오늘까지 약 한 달 동안 대화부의 교외 활동으로 착한 일을 많이 했다.

모르는 사람과 의사소통을 하는 것은 우리 대화부의 활동 목적과도 부합된다. 이것은 우리 대화부가 처음으로 맞이한 실전이었다.

처음에는 아무것도 하지 못하던 카미야마나 하루사메도 모두와 함께여서인지 서서히 낯선 사람과도 대화할 수 있게 되었다.

오늘도 커다란 짐을 들고 곤란해하는 할아버지를 발견해서 옮기는 걸 돕기도 했다. 물론 엄청나게 무거운 짐을 카미야마가 한 손으로 번쩍 드는 것을 보고 할아버지는…… 살짝 움찔하셨지만…….

괜찮다고 말하며 웃는 아라이 덕분에 불안이 약간 제거된 것 같아서 나는 다시 지금 상황을 확인했다.

이곳은 하루사메네 집 앞.

30분쯤 전에 모든 불이 꺼진 것을 확인했다.

나와 아라이, 그리고 카미야마는 셋이서 하루사메를 위해 이 시간에 이곳에 모였다.

"코미나토도 그 복장이 아주 잘 어울려."

우리를 보며 방긋방긋 웃는 아라이에게 나는 대답했다.

"용케 이런 걸 갖고 있었네……. 산타 옷이라니."

"나……나나나나나나는…… 산타 할아버지 옷을 처음 입어 봐……."

그렇게 말하며 카미야마는 쑥스러워했다. 살갗을 찌르는 듯 차가운 공기 속에서 나와 카미야마는 아라이가 준비해준 산타복 세트를 입고 있었다.

카미야마는 평소의 갈색 민무늬 종이봉투가 아니라 크리스마스 리스가 프린트되어 크리스마스다운 빨간색과 초록색의 종이봉투를 뒤집어쓰고 있었다.

나는 빨간 산타복의 호주머니에서 열쇠를 꺼냈다. 이전에 하루사메의 어머니가 오해해서 내게 건넨 이 집의 스페어 키였다.

열쇠 구멍에 열쇠를 넣고 천천히 돌렸다. 철컥…… 하고 작은 소리를 내며 잠금장치가 풀린 것을 확인하자 최대한 소리가 나지 않도록 문을 열었다.

"……좋았어, 열렸……다……. 그, 그럼…… 갈까……?"

카미야마는 종이봉투를 작게 세로로 흔들었다.

"둘 다 조심해. 모쪼록 신중해야 해……."

"알아. 아라이도…… 아…… 잘은 모르겠지만 잘 부탁해……. 아무튼 일을 저지르지 않도록 알지……? 부탁할게."

"응, 괜찮아. 맡겨줘."

아라이는 평소의 방긋거리는 미소를 지으며 손을 저었다.

아라이는 만에 하나의 때를 대비하여 밖에서 기다린다는 모양이었다.

아라이가 무슨 생각을 하는지는 모르고, 무슨 생각을 하는지 모르기에 무섭기까지 했지만, 셋이서 줄줄이 가봤자 하루사메를 깨울지도 모른다.

나는 아라이에게 등을 돌리고 짧게 한 번 숨을 내쉰 뒤 마음을 다잡았다.

"코…… 코코코코미나토…… 히, 힘내자……!"

카미야마는 그렇게 말하고 양손을 몸 앞에서 꽉 쥐었다.

"그래……. 하루사메의 산타 작전…… 시작하자. 괜찮아. 반드시 들키지 않고 선물을 전달할 수 있어……."

자신에게 되뇌듯 중얼거린 나는 신발을 벗고 하루사메네 집으로 들어갔다.

문병 왔을 때의 기억을 더듬어 캄캄한 집 안에서 계단을 찾았다. 계단에 발을 대고 발소리를 내지 않도록 주의하며 올라갔다.

의외로 긴장되어 이마에는 이미 땀이 나기 시작했다.

"코…… 코코코코미나토…… 괜찮을까……?"

뒤에서 카미야마의 걱정스러운 목소리가 들렸다.

"응……. 현재로서는 아무도 깨지 않았고 잘돼가고 있다……고 생각해."

내 대답에 희미하게 종이봉투를 가로젓는 소리가 들렸다.

"아니…… 그런 게 아니라……. 저기…… 저, 정말로 이렇게 몰래 들어와도…… 괘…… 괜찮은 거…… 맞지……?"

지극히 당연한 걱정을 하는 카미야마에게 나는 대답했다.

"전에도 말했지만, 분명히 허락을 받았어……. 아니, 부탁을 받았지. 이 집의 주인에게."

카미야마에게 그렇게 말하고 하루사메의 방으로 향하는

계단을 올라가며 나는 얼마 전의 일을 떠올렸다.

"코미나토, 잠깐 받아볼래?"

"저……요?"

왜 하루사메의 어머니 스마트폰에 나를 찾는 전화가 걸려 왔을까? 고개를 갸웃거리면서도 어머니의 말대로 주뼛주뼛 스마트폰을 귀에 대자 내 귀에 땅속 깊은 곳에서 울리는 듯 위엄 있는 목소리가 들렸다.

『너구나, 우리 하루사메와 결혼하고 싶다는 남자가……! 소중한 외동딸에게 흠집을 내다니……! 그래도 딸의 의사를 존중해주고 싶구나……. 그게 부모의 임무지……. 그러니 부디! 부디 우리 하루사메를 잘 부탁한다……. 그래 봬도 내게는 소중한 딸이야……. 행복하게 해주려무나——.』

"아…… 저기, 잠시만요. 의문이 세 개 정도 동시에 떠오르는데요……. 저기…… 하루사메의 아버지……세요?"

『그래, 하루사메 아빠다. 오랜만에 아내에게 전화했더니 세상에! 남자 친구가 집에 와 있다기에 바꿔 달라고 했다. 그러니 부디! 부디 하루사메를 잘 부탁——.』

"그, 그러니까 잠깐 기다리시래도요! 애초에 사귀지도 않아요!"

『쑥스러워하지 않아도 된다. 부끄러움은 부부가 오래 유지되는 중요한 비결이지……. 하지만 지금은 남자 대 남자로 진지한 이야기를 하고 있다! 그러니 부디 하루사메를 잘 부──.』

하여튼 이 가족은 모두 좋은 사람 같으면서도 성가시네!

수화기 너머에서 잘 부탁한다는 목소리를 무시하고 나는 한숨을 한 번 쉬었다. 정확히 부정한 뒤 적당히 인사라도 하고 정중히 전화를 끊자…….

그렇게 생각하자마자 나는 깨달았다.

황급히 스마트폰을 고쳐 쥐고 복도 구석의 모두에게 목소리가 들리지 않은 곳까지 이동했다.

『──그래서 그때 하루사메는 뭐라고 했을 것 같냐? 이 다음에 크면 아빠랑 결혼할 거야~라고 했지. 그때 나는 이제 죽어도! 죽어도 여한이 없다고! ……그래, 마침 그때 사진이 있으니 다음에 네게도 보여──.』

어느샌가 딸 사랑 이야기가 시작된 것을 무시하고 나는 말을 이었다.

"저기…… 아버지께 질문이 있는데요…….”

수화기 너머에서, 뭔데? 라는 목소리가 들렸다.

"지금 하루사메에게 무슨 고민이 있는 것 같아요……. 저기…… 결론부터 말하자면…… 그…… 작년 크리스마스에…… 아버지께서는 가족에게 줄 선물을 준비하셨나요……? 여러 가지 이야기를 종합해보면 아마 하지 않으신 것 같은데요……. 그것 때문에 뭔가 일이 이상해진 것 같아요……."

그러자 갑자기 전화가 끊어졌다……고 생각했는데 아무 래도 수화기 너머에서 할 말을 잃은 모양이었다.

『내가 무슨 짓을……. 네가 말하기 전까지 까맣게 잊고 있었어……. 가…… 갑자기 결정된 해외 부임이라 정신이 없어서 전혀 생각하지 못했구나……. 어쩌지……? 코미나 토…… 나는…… 어쩌면 좋지……?』

아까까지의 기세 좋은 목소리에서 돌변하여 이번에는 울 먹이는 목소리가 들렸다. 이 어른, 괜찮은 거냐……? 이 텐 션의 낙차…… 과연 하루사메의 아버지라고 해야 할까……?

"저기…… 그것 때문에 하루사메가…… 아아, 그리고 어 머니도 굉장히 고민하고 계세요."

이것으로 내 일은 끝이다. 아버지께 이 사실을 전하기만 하면 나머지는 알아서 어떻게든 할 테지. 정도가 좀 이상 한 것 같기는 하지만, 가족을 사랑하는 건 틀림없는 모양 이니까.

그러자 아버지는 이상한 말을 했다.

『난감하네……. 나는 올해 말까지 귀국하지 못하고…… 아내에게 부탁할 수도…… 그래! 코미나토, 두 사람의 산 타가 되지 않겠니?』

"제가……요?"

『그렇게 어려운 이야기도 아니잖아? 밤중에 집에 몰래 들

어가서 하루사메의 머리맡에 선물을 두면 돼. 하루사메의
산타가 되어주렴⋯⋯. 아니, 되어주세요. 부탁드립니다.』

하루사메에게 산타의 선물을 전해주고 싶다.

그렇게 생각하던 내게 이것은 고마운 제안이었다.

이리하여 나는 하루사메 아버지의 허락을 받아 크리스
마스이브인 오늘, 하루사메네 집에 숨어들게 된 것이다.

캄캄한 2층의 복도에 덩그러니 보이는 하루사메의 방문
손잡이에 살며시 손을 댔다.

뒤에서는 카미야마가 내 어깨에 손을 얹고 있었다.

손이 떨렸다⋯⋯. 카미야마도 긴장했으리라.

"⋯⋯그럼 여, 연다⋯⋯."

부스럭⋯⋯ 하고 종이봉투가 잘게 스치는 소리로 카미
야마가 작게 고개를 끄덕이는 것을 안 나는 신중하게 문고
리를 돌렸다.

살며시 소리를 내지 않도록 주의하며 몸 하나만 들어갈
정도로 문을 열고 그 틈으로 미끄러져 들어갔다. 이어서
카미야마도 들어왔다⋯⋯고 생각했는데 몸이 반만 통과한
시점에 멈춰 서서 어째서인지 손을 버둥거리고 있었다.

몸짓으로, 무슨 일이야? 라고 묻자 카미야마는 한쪽 손
으로 가슴을 가리켰다. 커다란 가슴이 걸려서 어쩌면 좋을
지 모르는 모양이었다.

서둘러 카미야마의 가슴만큼 문을 열어 겨우 들어올 수

있었다.

크리스마스이브의 밤. 불이 꺼져 캄캄한 하루사메의 방.

방에 들어간 순간, 가장 먼저 하루사메의 냄새를 느꼈다.

하루사메의 냄새와 겨울의 차가운 공기가 뒤섞인 달콤한 냄새에 나는 조금 가슴이 뛰어서 황급히 고개를 저었다.

이 집의 주인에게 허락을 받았다지만, 이렇게 밤중에 친구 집에 들어오는 것만으로도 긴장이 되는데 그게 여자의 방이라는 게 나의 긴장을 더욱 부추겼다. 해서는 안 될 짓을 하는 듯한 기분마저 들었다.

어떻게든 나쁜 생각을 머리에서 몰아낸 내 귀에는 침대 쪽에서 희미하게 전해지는 하루사메의 숨소리가 들렸다.

캄캄한 방. 침대 쪽에서 평온하고 규칙적인 호흡이 들렸다.

눈도 겨우 어둠에 익숙해졌다. 커튼 너머로 어렴풋이 아주 약하게 들어오는 바깥 불빛에 방의 모습이 서서히 보였다.

숨소리가 나는 쪽으로 시선을 보내자 그곳에는 하루사메가 잠들어 있었다.

침대 위의 하루사메.

하루사메는 커다란 인형을 옆에 두고 작은 가슴을 살며시 위아래로 들썩거리며 완전히 잠든 상태였다.

아주 고요한 이 방에 하루사메의 조용한 숨소리만이 울

려 퍼졌다.

"……어떻게든 여기까지 들어왔네……."

옆에 있는 카미야마에게 작은 목소리로 말을 걸자.

"으…… 응…… 그러게……. 하루사메가 자고 있어서 다행이야……."

그러자 귀에 낀 이어폰에서 아라이의 목소리가 들렸다.

『보아하니 아무래도 방에 도착한 모양이네. 상황은 대충 파악했어. 그래서…… 어때?』

집에 들어오기 전. 우리는 모두가 의사소통을 할 수 있도록 각자의 스마트폰으로 그룹 통화를 설정하여 마이크 달린 이어폰을 낀 채 행동했다.

아라이는 홀로 밖에서 우리의 상황을 계속 확인했던 모양이다.

마이크에만 다다를 만큼 작은 목소리로 대답했다.

"응…… 마침 방에 도착한 참이야……. 괜찮아……. 하루사메는 자고 있어. 이제 선물을 두면 작전 종료야……."

『그거 다행이네. 계속해서 긴장을 풀지 마……. 파이팅!』

나는 작게, 알았어, 라고 대답하고 산타복 웃옷의 호주머니에 미리 넣어둔 선물을 꺼냈다.

사전에 우리가 돈을 모아 사둔 선물 상자였다.

문고본 크기 정도의 작은 상자는 깔끔하게 포장된 채 새빨간 리본이 달려 있었다. 그림책 속에 나올 법한, 보기만

해도 동심을 자극할 법한 선물 상자.

이제 우리가 이것을 방의 어딘가에 두면 오늘의 작전은 무사히 종료된다. 긴장했지만, 생각보다는 간단했다…….

이제 선물을 어디에 두느냐인데……. 들킬 가능성은 최대한 배제하고 싶다. 우리가 지금 있는 입구 부근에 선물을 두면 될 것이다.

내가 선물 상자를 내 발밑에 두려고 몸을 구부리자 갑자기 카미야마가 옷자락을 당겼다.

"코…… 코코코코미나토…… 저길…… 봐……."

카미야마는 그렇게 말하며 침대 옆을 가리켰다.

그녀의 말대로 손가락 끝으로 시선을 움직인 내 눈에 성가신 것이 비쳤다.

그것은―― 양말이었다.

하루사메의 침대 옆에 커다란 양말이 걸려 있었다.

"아…… 저건…… 혹시나가 역시나겠지……?"

"그…… 그러게……."

하루사메는 정직하게도 선물을 받기 위한 양말을 준비한 것이다.

방의 어딘가에 두면 될 줄 알았는데 아마 저 속에 넣어야 하겠지? 적어도 내가 진짜 산타클로스라면 그럴 터였다.

하루사메가 깨어날 리스크도 있지만…… 별수 없다…….

나는 카미야마 쪽을 보고 고개를 끄덕였다.

그리고 한 발씩 숨을 죽이고 하루사메의 침대로 다가갔다.

한 발을 내디딜 때마다 하루사메의 숨소리가 가까워져서 이마에 밴 땀방울이 커지는 느낌을 받았다. 내 고동이 크게 들렸고, 이 소리가 하루사메에게도 들릴까 봐 불안했다.

나는 긴장을 뒤로 하고 한 발씩…… 천천히…… 하루사메의 침대로 다가가 입에서 심장이 튀어나올 정도로 긴장하면서도 어떻게든 침대 옆까지 다다랐다.

이제 이 양말에 선물 상자를 넣기만 하면 된다…….

그렇게 생각하고 살……짝 손을 뻗었는데 갑자기 침대에서 커다란 노성이 들렸다!

"잠깐, 쓰레기나토! 너 뭘 하는 거야!"

침대 위의 하루사메는 갑자기 소리를 지르더니 잠든 채 손을 뻗어 양말로 뻗어 있던 내 손목을 꽉 잡았다!

갑작스러운 사건에 나는 전혀 반응하지 못하고 몸은 그 자리에서 단단히 굳었다. 대신에 심장만이 더 이상 빨리 뛸 수 없을 정도로 쿵쾅거렸다.

『코, 코미나토! 하루사메의 목소리가 들렸는데 괜찮아……? 여보세요……? 여보세요!』

이어폰에서 들리는 아라이의 목소리에 반응하지 못한 채 나는…… 작전 실패를 깨달았다.

끝이다…….

하루사메에게 모두 들켜버렸다. 이렇게 된 이상 솔직하게 다 말하고 사과하자…….

경직된 몸으로 그렇게 생각하는데 하루사메가 꿈틀거리며 입을 열었다.

"……으음…… 하여튼 쓰레기나토는 쓸모가 없다니까. 아짱도 난감해하잖아……. 그러니까 내가 잡은 건 진짜 우주의 신이라고 아까부터 말을…… 응? 아짱은 괜찮아? 그래? 그, 그, 그럼 됐지만음냐아……."

마지막엔 말을 맺지 못하고 웅얼거렸다.

방금 그건 잠꼬대인가……?

한동안 하루사메에게 손을 잡힌 상태로 굳어 있었지만, 이윽고 하루사메는 내 손목을 놓더니 다시 새근거리기 시작했다.

아무래도 잠결에 내 손을 잡고 잠꼬대를 했을 뿐인 모양이었다.

대체 무슨 꿈을 꾸는 거지……? 엄청나게 신경 쓰인다.

하지만 그런 의문은 일단 제쳐두고 내가 안도하며 뒤를 돌아보자 모든 것을 보고 있던 카미야마에게도 안도가 전해져 큰 가슴을 쓸어내리고 있었다. 가슴에 손을 대고 종이봉투 속에서 안도의 한숨을 쉬더니 몸을 앞으로 구부리는 카미야마.

——이게 잘못이었다.

극도의 긴장 상태에서 해방되어서인지 아래를 향하는 기세가 너무 강해서 머리에 뒤집어쓴, 리스(화환)가 그려진 종이봉투가 훌러덩 벗겨졌다.

어두운 침실에서 부스럭…… 하는 소리를 내며 바닥에 떨어진 종이봉투. 카미야마의 얼굴이 노출되었다.

전혀 예기치 못한 사건에 나와 카미야마는 저도 모르게 동시에 큰 소리를 내고 말았다.

"아!"

"아!"

카미야마가 황급히 종이봉투를 줍고자 몸을 구부린 것과 내가 침대 쪽에서 들린 소리를 알아챈 것은 거의 동시였다.

"으…… 으~음……. 뭐, 뭐, 뭐야……? 방금…… 사람 목소리……?"

어둠에 익숙해진 내 눈이 본 것……. 그것은 하루사메가 꿈틀거리며 눈을 뜨고 우리 쪽으로 얼굴을 돌리려는 모습이었다.

위험하다! 이번에야말로 정말로 위험하다!

"……누, 누구 있어……?"

침대 쪽에서는 아까까지의 잠꼬대가 아니라 완전히 깨어난 하루사메의 목소리가 들렸다.

하루사메는 눈을 비비며 침대 위에서 천천히 상체를 일

으켜 잠에 취한 눈으로 우리 쪽을 향했다. 아직 눈이 익숙하지 않아서인지 하루사메에게는 아무것도 보이지 않겠지만 들키는 것도 시간문제다.

여기서는 솔직하게 사과하는 수밖에 없다…….

내가 그렇게 생각하는데 귀에 꽂은 이어폰에서 아라이의 목소리가 들렸다.

『……깼구나?』

나는 이어폰에만 다다를 정도의 작은 목소리로, 응, 하고만 대답했다.

이 순간, 우리의 작전은 실패했다.

"누, 누, 누구야……? 누군데……? 거, 거기에 누가 있……지……?"

내가 하루사메에게 사죄의 말을 하려던 그때, 이어폰에서 아라이의 목소리가 들렸다.

『그래……. 깼구나……. 하지만 괜찮아! 이런 일도 있을까 해서 준비해오길 잘했네……. 코미나토, 카미야마……이 상황을 내게 맡겨줄래?』

아라이는 사전에 "만에 하나의 상황을 준비해야 하니까"라고만 말했다.

아라이가 무슨 준비를 하는지 나는 알지 못한다. 하지만 지금이 그 만에 하나의 상황일 것이다. 여기서부터라도 하루사메의 꿈을 깨지 않을 방법이 있다면…… 그것에 매달리고 싶다.

카미야마 쪽을 보자 그녀도 같은 마음이었으리라. 종이봉투를 줍고자 구부린 자세로 맨얼굴인 채 고개를 끄덕였다.

나는 작은 목소리로 중얼거렸다.

"……알았어. 네게 맡길게."

『좋아. 둘 다 한 번밖에 말하지 않을 테니 잘 들어……. 알겠지? 지금부터 카미야마는 코미나토를 안고 창문 앞에 서. 그리고 내가 신호를 보내면 단숨에 커튼을 열어.』

"카미야마가 나를 안아? 왜 그런 짓을……."

『설명할 시간은 없어! 하루사메는 금방 어둠에 눈이 익숙해질 거야. 그 전에…… 빨리!』

아라이는 무슨 생각을 하는 것일까……? 하지만 우리에게는 이제 시간이 없다!

"누, 누구야……? 거, 거기 있지……? 사람 그림자가…… 보여……. 서, 서, 설마……."

하루사메의 눈도 서서히 또렷해진 모양이었다.

나는 지푸라기라도 잡는 심정으로 이 상황을 아라이에게 맡겼다.

"알았어……. 카미야마, 시작해……!"

내가 중얼거리는 소리가 신호였다.

카미야마는 내 등과 다리에 팔을 감더니 가뿐히 안아 들었다.

몸에 카미야마의 커다란 가슴의 감촉…… 하지만 지금은 두근거릴 때가 아니다!

나는 부드러운 감촉을 머리에서 떨쳐내고 카미야마에게 몸을 맡겼다. 카미야마는 나를 번쩍 안아 들고 창문 쪽으로 다가갔다.

양손을 쓸 수 없는 카미야마 대신 안긴 내가 양손을 커튼에 댔다.

"호…… 혹시…… 산타…… 할아버지? 산타 할아버지 맞죠……? 잠깐만요……. 그쪽은 창문이에요……. 기다려요……. 가지 마세요……!"

하루사메의 눈에는 어둠 속에서 희미하게 꿈틀대는 나를 안은 카미야마의 뒷모습이 비쳤으리라.

애원하는 하루사메의 목소리를 들으며 나는 마이크를 향해 작게 중얼거렸다.

"준비 OK야."

『이쪽도 OK야……. 커튼을 열면 바로 창문을 등지고 눈을 감아……. 알겠지? 그럼 간다……. 셋…… 둘…… 하나…… 지금이야!』

무슨 일이 시작될지는 모른다.

이제부터 어떻게 될지도 모른다.

……하지만 아직 할 수 있는 일이 있다면…… 나는 그것에 걸고 싶다!

아라이의 말에 따라 하루사메의 방 커튼을 있는 힘껏 열고 동시에 두 눈을 꼭 감았다.

——다음 순간, 방이 빛의 홍수에 에워싸였다.

감은 눈꺼풀 너머로 알 수 있었다. 대량의 빛이 이 방에 쏟아지고 있었다.

"기다리세요, 산타 할…… 꺄아아! 뭐, 뭐지?! 뭐야!"

침대에서는 갑자기 눈 부신 빛에 깜짝 놀란 하루사메의 목소리가 들렸다.

카미야마의 품속에서 겨우 실눈을 떠보자 하루사메는 빛의 홍수를 차단하듯 얼굴을 양손으로 덮고 있었다.

이 방에는 무슨 일이 일어나고 있는 거지?!

눈 부신 빛의 홍수 속에서 나는 실눈을 뜬 채 창밖을 확인했다. 그러자 그곳에는 대량의 투광기가 즐비했다. 저게…… 뭐람…….

참지 못하고 손으로 빛을 막으며 마이크에 대고 말했다.

"이, 이건 뭐야! 대체 어떻게 된 거야!"

그러자 아라이는 태연히 말했다.

『이런 일도 있을까 해서 대량의 투광기를 준비해왔어. 내 연줄로 저렴하게 빌릴 수 있었지! 강한 빛으로 하루사메의 눈을 자극하면 둘 다 들키지 않을 거야! 그러니까 괜찮아!』

눈을 자극하다니…….

자신만만하게 말하는 아라이에게 나는 작은 목소리로 대답했다.

　"그, 그렇다고 해도 좀 심한 거 아니야?"

　『그럼 코미나토는 이대로 들키는 것과 하루사메의 눈을 자극해서라도 성공시키는 것 중 어느 쪽이 좋아?』

　그 데드 오어 얼라이브는 뭐냐?

　내가 입을 다물자 이어폰 너머의 아라이는 말을 이었다.

　『물론 아슬아슬하게 시력을 해치지 않는 강도로 조정했으니 괜찮아. 일시적으로 눈이 어지러울 뿐이야. 그러니 안심하고 산타클로스가 되도록 해! 그럼 지금부터 빛을 끌게. 너무 오래 켤 수는 없으니까……. 하루사메의 눈이 멍해진 틈이 승부를 볼 때야!』

　아라이의 발언과 동시에 방은 다시 아까까지와 똑같이 캄캄한 상태로 되돌아왔다.

　머뭇머뭇 창문에서 밑으로 시선을 보내자 이쪽을 향해 손을 흔드는 아라이의 옆에 대량의 투광기가 즐비했다. 높은 곳을 비추는 용도인지 투광기는 목이 긴 선풍기 같은 형상으로 마침 우리가 있는 2층 창문이 정면에 오도록 설치되어 있었다.

　아라이의 지시로 눈을 감아 빛의 직격을 면한 나의 시야는 금세 회복되었지만, 아마 저 빛을 똑바로 본 하루사메는 아직 아무것도 보이지 않을 것이다.

침대 위에서 곤혹스러워하는 하루사메를 개의치 않고 나는…… 아라이의 주도면밀함과 독특한 발상에 무슨 생각을 하면 좋을지, 아라이는 어디에서 와서 어디로 가는지 한동안 상상하며 정신이 아득해질 뻔했지만, 지금은 그런 생각을 할 때가 아니었다. 의문은 아직 남아 있었다.

　카미야마에게 나를 안게 한 이유는 무엇이었을까?

　그렇게 생각하며 하루사메 쪽을 확인하자 눈을 비비며 필사적으로 이쪽을 보려 하고 있었다.

　"바…… 방금 그건 뭐였지……? 안 돼……. 흐리게만 보여……. 하지만 잠깐 큰 사람 그림자가 보였어……. 키도 배도 큰……. 역시 산타 할아버지죠……? 그렇죠……? 거기 있는 건…… 산타 할아버지…… 맞죠?"

　하루사메의 이 말에 나는 이해했다.

　지금 우리의 모습이 하루사메에게는 진짜 산타클로스로 보인 것이다.

　아라이가 준비한 산타복을 입고 나를 안은 카미야마. 본래 키가 크고 나를 안아서 배 주위가 불룩하게 보였다. 깜빡이는 빛 속에 순간적으로 동화나 그림책에 그려져 있을 법한 빨간색과 흰색 옷에 큰 키와 배를 가진 인물의 실루엣이 떠올랐으리라.

　그래서 아라이는 그런 지시를…….

　"사…… 산타 할아버지죠……? 지…… 진짜…… 산타

할아버지……. 역시…… 엄청 컸어……. 그림책 속의 산타 할아버지와 똑같아……!"

아라이의 작전이 들어맞았는지 하루사메는 우리를 산타클로스라고 믿은 모양이었다.

아라이가 만들어준 이 기회를 놓쳐서는 안 된다!

……그렇다면 이제부터 내가 해야 할 일은.

나는 아까 아라이가 한 말을 떠올렸다.

『그러니 안심하고 산타클로스가 되도록 해!』

나는 되도록 낮은 목소리를 억지로 만들어 침대에서 버둥대는 하루사메에게 다정하게 말을 걸었다.

"아, 아…… 들통 난 모양이로군……. 바로 나…… 아니 이 할애비가 산타클로스란다."

이…… 이런 느낌인가?

나를 안은 카미야마가 잘게 떨고 있는 것은 긴장 때문일까, 아니면 웃고 있기 때문일까?

내가 쑥스러워서 얼굴을 붉히고 있자 하루사메가 눈을 가늘게 뜬 채 입을 열었다.

"여, 여, 역시…… 진짜 산타 할아버지군요! 저기…… 만나서 기뻐요……."

감동한 하루사메의 목소리를 들으며 산타 연기가 성공한 것을 알았다.

나는 산타가 되어 말을 이었다.

"아, 그래, 오늘은 네게 줄 선물을 가져왔단다."

"앗…… 저…… 저기…… 선물을 받는다는 건…… 제, 제, 제가…… 착한 아이가 되었다는 뜻……인가요……?"

그렇게 말한 하루사메의 목소리는 한없이 순수하고 천진난만해서 어린아이 같았다.

"그래, 너는 아주 착한 아이였으니까…… 선물을 가져……."

선물을 가져왔다. 그렇게 말하려던 나는 도중에 멈추었다.

──눈물.

하루사메의 눈에서 눈물이 떨어졌기 때문이다.

나도 모르게 말을 잃자 하루사메의 입에서 말이 주르르 쏟아졌다.

"다행이다……. 정말 다행이야……. 저기…… 저는 올해 노력했어요……. 작년엔 실패했으니 올해야말로 해내려고…… 착한 일을 잔뜩 하려고 했지요……."

눈물과 함께 하루사메의 입에서 말이 끊임없이 흘러나왔다.

"특히 지난 한 달은 모두와…… 아, 모두라는 건 친구를 말하는 거예요……. 치, 치, 친구와 함께 노력했죠……. 모두 함께 착한 일을 잔뜩 했어요……. 늘 잘하지는 못하지만 그래도…… 모두가 있어서 저는…… 힘낼 수 있었어요…….

게다가……."

나는 하루사메의 말을 조용히 들었다.

"……게다가 작년에는 한 명도 없던 친구가 지금은 세 명이나 있어요……. 어떻게 하면 친구가 생길까 생각해서, 생각하고 또 생각해서……. 아짱과 늘 함께 있으면…… 젊은 사람에게 익숙해질까……? 그러면 친구가 생길까 싶었죠……. 하지만…… 이, 이상했을까요……? 또 다른 방법이 있었을까요……?"

나는 하루사메에게 대답했다.

"아니, 이상하지 않아. 친구를 사귀기 위해 노력했잖니? **아짱과 마찬가지로.**"

내 말을 들은 하루사메는 눈을 감은 채 깜짝 놀라 숨을 삼켰다.

──아짱과 마찬가지로.

왜 하루사메가 패널을 데리고 다니게 되었는지는 알았지만, 왜 아짱 씨를 골랐는지가 문득 궁금해진 나는 그녀가 나오는 애니메이션을 보았다. 하루사메에 대해 조금이라도 알면 이 녀석의 문제도 해결하기 쉬워질지 모른다. 그것은 내 평온한 일상을 되찾는 일과도 이어질 것이다.

그렇게 생각하여 아짱 씨가 나오는 애니메이션을 시청했다.

애니메이션 속의 아짱은 고등학교 1학년의 고민 많은 여자애였다.

내성적이고 말주변이 없으며 좀처럼 친구를 사귀지 못한다는 고민을 가진 평범한 여자애였다. 그런 아짱이 어쩌다 마법의 힘을 손에 넣어 마법 소녀로서 악과 싸우고 세계를 구하는 이야기.

아짱은 마법의 힘을 손에 넣음으로써 세상이 넓어지고, 또한 자신과 마찬가지로 악과 싸우는 마법 소녀 친구도 생겨서 마지막에는 그때까지 인연을 나눈 친한 마법 소녀들과 함께 싸워 세계를 구하는 해피엔딩으로 끝난다.

아짱은 친구를 원했다.

하루사메도 친구를 원했다.

그래서 하루사메는 그녀에게 자신을 포개며 아짱을 고른 게 아닐까 생각했다.

하지만 아짱과 하루사메는 결정적으로 다른 점이 두 개 있다.

하나는 하루사메에게는 마법의 힘이 찾아오지 않았다는 것.

그리고 또 하나는 아짱의 이야기는 세계를 구하며 친구와 함께 웃으며 끝나는 해피엔딩이었다……. 하지만 하루사메가 있는 세계는 현실이다.

즐거운 일도 있는가 하면 괴로운 일도 있다.

설령 하나의 문제가 무사히 해결된대도 다음 문제를 또

해결할 수 있다는 보증은 어디에도 없다. 수많은 고민과 문제가 동시에 진행되고 때로는 해결의 실마리조차 보이지 않을 정도로 얽히기도 한다. 현실이라는 이름의 이야기의 결말이 어떻게 될지는 아무도 모른다. 부당한 일도 빈번히 일어난다.

우리와 만나기 전의 하루사메는 그렇게 아무것도 모르는 세계에서 홀로 생각하며 홀로 무언가와 싸웠다.

세계에서 홀로.

아짱 씨의 애니메이션을 다 본 나는 생각했다.

하루사메에게, 우리에게 애니메이션 같은 해피엔딩이 일어나는 일은 드물다. 그렇기에 하루사메가 지금 품고 있는 최대의 고민…… 올해의 산타 문제만은 최고로 행복한 결말을 맞이하도록 하고 싶다.

애니메이션 같은 해피엔딩을 하루사메에게——.

그것이 지금의 내가 친구이자 은인이기도 한 하루사메에게 해줄 수 있는 최선의 일이니까. 그렇게 생각했다.

"너도 아짱도 같은 고민을 하고 있었지……. 그러니 고민했을 때, 파트너로 아짱을 선택했어……. 아닌가?"

내 말에 놀라움을 숨기지 못하는 모습의 하루사메.

"산타 할아버지는 뭐든 다 아시는군요……. 맞아요……. 그, 그보다…… 사, 산타 할아버지도 애니메이션을 보, 보, 보세요……? 일본 애니메이션을 본다는 건…… 산타 할아버지는…… 이, 이, 일본인인가요?! 그, 그러고 보니 일본어도 잘하시고……. 저, 저, 저는 당연히 외국인인 줄 알았는데…….”

아뿔싸, 이야기가 이상한 방향으로 가려고 한다! 나는 황급히 궤도를 수정했다.

“아, 아니, 전혀! 멀리 바다 너머에서 왔단다……. 저기…… 그게…… 그, 그래! 나는 뭐든 다 알지. 착한 아이인지 아닌지 판별해야 하니까, 호호호…….”

이, 이걸로 속았을까……?

하루사메는 두 눈을 비비며, 그렇구나…… 하고 혼자 순순히 납득했다.

다행이다. 잘 속였어…….

어쩐지 나…… 속이는 스킬만 상승한 건 아닐까……? 생각하면 슬퍼지니 지금은 생각하지 말자.

납득한 하루사메는 말을 이었다.

“그, 그래서, 아짱 덕분에 친구가 생겼어요……. 저기, 카미야마는 늘 다정하고 배려심이 있고, 아라이는 아주 야무져서 모두를 이끌어주고…… 게, 게다가…….”

하루사메는 거기서 일단 말을 끊더니 크게 숨을 들이마시고 작은 가슴에 담은 숨결과 함께 뱉어냈다.

“……게다가 코미나토라는 이상한 남자가 있어요……. 하지만…… 코미나토는 이따금 다정하고…… 이따금 든든

하고……. 때로는 혼자 고민하는……. 제 소중한 친구예요……. 그리고, 그리고…… 뭐지……? 뭐라고 하면 좋을지 모르겠어요……. 이 마음은 뭘까요……? 아, 아무튼! 셋다 제 소중한 친구예요……. 소중한 친구가 셋이나 생겼어요……. 앗, 제가 산타 할아버지께 무슨 말을 하는 거죠?"

그렇게 말한 하루사메는 눈에 눈물이 가득 맺힌 채 빙긋웃었다.

하루사메의 마음을 듣고 어쩐지 쑥스러운 듯한, 부끄러운 듯한. 그리고 진심으로 기쁜 듯한 기분이 들었다.

아마 카미야마도, 스마트폰 너머에서 듣고 있는 아라이도 같은 기분이 아닐까?

갑자기 이어폰에서 아라이의 목소리가 들렸다.

『슬슬 하루사메의 눈이 익숙해졌을 거야……. 코미나토, 카미야마…… 이제 선물을 줘!』

나는 마이크에만 다다를 듯한 작은 목소리로, 알고 있어, 라고만 대답하고 카미야마의 팔을 톡 두드렸다. 의도를 알아챈 카미야마가 하루사메 쪽으로 천천히 걸어갔다.

본래 목적을 이루기 위해.

본래 목적, 그것은 하루사메에게——.

나는 침대 옆에 매달린 커다란 양말 속에 선물을 넣고이렇게 말했다.

"메리 크리스마스, 하루사메."

작년에는 텅 비었던 하루사메의 양말.

하지만 올해. 크리스마스이브인 오늘 밤.

노력한 하루사메의 양말 속에는 우리의 마음이 들어 있었다.

조용한, 아무 소리도 없는 고요한 밤.

무거운 구름 너머로 어슴푸레하게 새어 나오는 달빛 속, 나는 카미야마와 둘이서 겨울의 밤길을 걸었다.

두꺼운 코트를 입어도 아직 추운 12월의 공기. 내뱉은 숨결이 하얀 덩어리가 되어 밤하늘에 빨려들었다.

시각은 이미 12시가 지났다.

하루사메네 집에서 나온 우리는 귀갓길에 올랐다.

『자, 착한 아이는 잘 시간이야. 자렴……. 절대로 창밖을 보면 안 된다! 절대로!』

그렇게 말하고 나와 카미야마가 하루사메를 재우고 집에서 나왔을 때, 아라이는 이미 투광기 정리를 마친 뒤였다.

오늘 밤 안에 돌려주기로 약속했다며 아마도 대여업자의 것일 차에 함께 타고 돌아갔다.

눈을 자극한다는 말을 들었을 때는 아라이가 대체 하루사메를 어떻게 하려는 건지 불안하기만 했고, 방식이 상당히 강압적이었던 것도 같지만…… 그래도 아라이가 준비해 준 투광기가 없었다면 우리의 계획은 실패했겠지. 고맙다,

아라이.

카미야마와 둘이서 나란히 걷는 겨울밤.

나는 입에서 나오는 하얀 입김과 함께 하루사메의 방에서 일어났던 일을 말했다.

"하루사메…… 믿었을까……?"

"……분명 괜찮을 거야…… 분명……."

"하지만…… 제일 막판에 실수해서……."

"아니, 뭐…… 괜찮겠지, 아마도. 그나저나 **마지막의 그 것**…… 하루사메는 깜짝 놀랐겠지……? 그걸 본 순간 하루사메의 얼굴…… 엄청났어……."

마지막의 그것…….

우리는 제일 막판에 사소한 실수를 하고 말았다.

내가 선물을 건네려던 순간, 아라이의 『이제 선물을 줘!』라는 호령 때문인지 카미야마도 무심결에 선물을 든 것처럼 나를 안은 채 팔을 앞으로 내민 것이다.

그 결과, 하루사메의 시점에서 무슨 일이 일어났는가 하면…….

밤중에 눈을 떠보니 진짜 산타클로스가 방에 나타난…… 줄 알았는데 눈이 부셔서 제대로 뜰 수도 없을 정도의 섬광에 눈이 뜨거웠지만 그런데도 어렵사리 산타와 대화를 하고 선물을 받으려는데 희미하게만 보이는 산타의 윤곽에서 갑자기 팔 네 개가 돋아난 것이다.

그야 그런 표정을 짓는 것도 당연한가……?

나는 아까 하루사메가 깜짝 놀라던 표정을 떠올리며 미안하면서도 역시 조금 웃기는 기분이 들었다.

아라이 때문덕분에 다소 이상한 방향으로 이야기가 굴러가기는 했지만, 일단은 당초의 계획대로 하루사메에게 진짜 산타클로스가 와서 선물을 두고 간다는 계획은 성공했다. 물론 돌아올 때 어머니의 선물도 몰래 두고 왔다. 이건 아무래도 침실에 들어갈 수 없어서 현관에 놓았지만.

나는 옆을 걷는 카미야마 쪽을 별생각 없이 올려다보았다.

카미야마는 추워서인지, 아니면 아까까지의 긴장이 풀리지 않아서인지 몸이 단단히 굳은 채 내 옆을 걷고 있었다.

이따금 양손을 **입** 앞에 가져가서는 추위에 언 손에 후하고 입김을 불어 녹이려 했다. 카미야마의 손가락 사이에서 하얀 입김이 새어 나왔다.

차가운 바람이 카미야마의 검은 머리카락을 흔들자 카미야마는 참지 못하고 머플러에 입가를 묻었다.

그렇다……. 지금의 카미야마는 종이봉투를 쓰지 않았다.

하루사메를 깨우는 원인이 된 종이봉투를 떨어뜨렸을 때부터 지금까지 종이봉투를 고쳐 쓸 기회가 없었던 것이다.

카미야마는 맨얼굴로 하루사메네 집에서 나왔고, 맨얼굴로 지금 이렇게 나와 둘이 아무도 없이 조용한 밤길을 걷고 있었다.

긴장의 연속이라 쓰는 것도 잊었으리라. 그렇다면 가르쳐주는 게 좋겠지……?

그렇게 생각하여 카미야마 쪽을 향했다.

"저…… 저기, 카미야마. 혹시 종이봉—."

말하는 중간에 카미야마가 이쪽을 보았다.

추위로 빨갛게 물든 뺨에 살며시 닿은 검은 머리카락. 입가에서 쏟아지는 하얀 입김과 부끄러움을 필사적으로 참는 듯 촉촉한 눈동자…….

나는 그 눈을 보고 깨달아서 말을 멈추었다.

카미야마는 지금, 일부러 종이봉투를 쓰지 않는 것이다.

하지만 왜……?

내 반응으로 알아챘는지 카미야마는 당황하며 양손을 붕붕 저었다.

"저저저저저기…… 있잖아……. 하루사메네 방에서 종이봉투가 떨어졌잖아……? 그…… 그래서 한동안은 잊고 있었어……. 쓰지 않은 걸……. 어두웠고…… 긴장했고…….

하지만…… 다 끝나고 코미나토와 둘이 남은 뒤…… 떠올랐어……. 하지만…… 하지만 말이지……."

카미야마는 거기서 일단 말을 멈추었다. 나는 카미야마의 말을 가만히 기다렸다.

카미야마는 부끄러움을 참으며 천천히…… 하지만 또렷한 말투로 이어갔다.

"하지만…… 모두와 수족관에 연습하러 가거나 문화제에서 코미나토에게 도움을 받거나……. 게다가…… 하루사메가 착한 일을 하자며 노력하는 모습을 보고…… 나…… 나도 노력해야겠다……고…… 생각해서……. 그래서…… 그래서 오늘 밤엔…… 오늘 밤만은 이대로…… 나…… 나도 노력해 보려……고……."

카미야마는 그렇게 말하며 똑바로 앞만 보고 걸었다.

나는, 그렇구나, 라고만 대답하고 나란히 걸었다.

카미야마도 오랜 생각 끝에 노력하기로 했다.

인간은 누구나 금방 변할 수는 없다. 시간이 해결해주는 일도 있다.

천천히 가는 것도 좋을지도 모르겠다.

카미야마와 둘이서. 밤길을 걸으며 나는 언제였던가 미쿠모에게 들었던 말을 떠올렸다.

『코미나토가 하는 행동은 전혀 평범하지도 평온하지도 않지 않아?』

나는 평범하고 평온하고 통상적인 일상을 바랐을 터였다.

대화부에 있지 않았다면 분명 이렇게 누군가를 위해 산타가 되거나, 문화제에서 갑자기 큰소리를 내며 레이스를 시작하거나, 다른 부서와 조금 독특한 연습 시합을 하는 일도 없었을 것이다.

그렇다면 나는 왜…….

이 평범하지도 평온하지도 통상적이지도 않은 나날을 나 자신은 어떻게 생각하는 걸까……? 평온한 나날을 보내고 싶다는 마음은 조금도 변하지 않았다.

하지만——.

나는 아까 본 하루사메의 얼굴을 떠올렸다. 선물을 받고 기쁜 듯 눈물을 흘린 하루사메.

옆을 걷는 카미야마의 얼굴을 보았다. 긴장한 얼굴로 앞만 빤히 보며 걷는 카미야마.

기분 탓인가……? 지금은 됐다. 두 사람의 이 얼굴을 볼 수 있는 것만으로 지금은…….

나 역시 천천히 가도 좋을지도 모르겠다.

그런 생각을 하며 문득 하늘을 올려다보고 무심결에 외쳤다.

"아…… 저기 봐, 카미야마…….."

카미야마도 내 시선 끝을 좇았다. 종이봉투를 쓰지 않은 맨얼굴의 카미야마.

"아……."

우리는 하늘을 올려다보며 멈춰 섰다.

무겁게 자욱하던 구름에서 눈이 소리도 없이 펄펄 내리기 시작했다. 나도 모르게 빨려들 것 같았다.

한동안 눈을 올려다보던 우리는 누가 먼저랄 것도 없이 시선을 마주치고는 거의 동시에 입을 열었다.

"메리 크리스마스, 카미야마."

"메리 크리스마스, 코미나토."

말을 뱉으니 어쩐지 마음속 깊은 곳이 간지럽기도 했지만, 이런 크리스마스이브도 나쁘지 않다.

하늘에서 떨어지는 눈이 카미야마의 붉게 물든 뺨에 떨어져 소리도 없이 녹았다.

카미야마는 뺨에 손을 대더니, 앗, 차가워, 라고 작게 중얼거렸다.

"하지만…… 난 눈을 좋아……해……."

"응…… 나도 싫지 않아……."

우리는 눈이 내리는 아무도 없는 거리를 즐겁게 대화하며 나란히 걸었다.

카미야마는 두꺼운 머플러에 입가를 묻고 불안한 모습으로 시선을 좌우로 헤맸다.

나는 그것을 흐뭇하게 바라보며 하얀 입김을 내뿜었다.

공기는 냉랭하고 눈은 차갑지만, 어쩌면 이것은 착한 일을 한 우리에게 진짜 산타클로스가 주는 선물이 아닐까……? 너무 촌스러운가?

하지만…… 오늘만큼은 괜찮을 것이다. 분명.

■ 하루사메와

올해도 며칠 남지 않은 어느 날.

나는 어느 자동판매기 앞에 멍하니 서 있었다.

이곳에 오는 것도 가을 이래로 처음인가……?

약속 시간에 맞추어 이곳에 도착한 지 이래저래 30분. 만나기로 한 상대는 아직 오지 않았다.

『지금 부리나케 가고 있으니 조금만 기다려.』

이런 연락이 스마트폰으로 온 것도 꽤 오래전이다. 뭐, 딱히 달리 일정이 있는 것도 아니고, 무엇보다 불러낸 사람은 나다. 바쁜 12월의 거리 모습을 조금 더 천천히 바라보는 것도 나쁘지 않겠지…… 하고 생각했을 때.

오가는 거리의 인파 너머에서 천천히 이쪽으로 다가오는 형체가 보였다.

그 작은 형체는 주뼛주뼛 주위를 신경 쓰며 이쪽으로 다가왔다. 한겨울인데 짧은 치마와 검은 사이하이 삭스를 신은 가느다란 다리. 연분홍색 코트에 체크무늬 머플러.

작은 형체는 좌로 우로 시선을 보내고 얼굴을 새빨갛게 물들이며 자꾸만 주위를 신경 쓰는 모습이었다.

나는 한 손을 들고 이쪽으로 걸어오는 형체에 말을 걸

었다.

"야~, 여기야, 여기. 갑자기 불러내서 미안해, 하루사메."

하루사메는 내 목소리를 알아채고 얼굴을 들어 새빨개진 얼굴을 더욱 붉게 물들이며 내 곁에 달려왔다.

"미, 미, 미안해. 늦었지……? 저기…… 기다렸어……?"

그렇게 말하며 미안한 듯 내 쪽을 올려다본 하루사메는 불안한 모습으로 시선을 헤맸다. 추위 때문인지, 아니면 다른 이유라도 있는 건지, 양손을 가슴 앞에서 꽉 맞잡으며 다시 한번 미안하다고 사과했다.

"아니야, 괜찮아. 세 시간 정도밖에 안 기다렸어."

기다린 만큼 반드시 갚게 할 것이다.

"뭐? 세, 세 시간? 내, 내, 내가 그렇게 늦었어? 하, 하지만 약속 시간은…….."

"농담이야. 사실은 조금 기다렸어. 하지만 생각보다 빨랐어."

"잠깐! 순간적으로 믿을 뻔한 내가 바보 같잖아! 하여튼 나쁜 남자라니까! 나쁜미나토! 저기, 아짱. 아짱도 그렇게 생각…… 아니지……. 저기…… 아, 아무튼! 안 기다렸다면…… 다…… 다행이야……."

하루사메는 다시 한번 양손을 가슴 앞에서 꽉 쥐고 내게서 얼굴을 홱 돌렸다.

"그, 그, 그보다…… 생각보다 빨랐다니 무슨 뜻이야?

나, 나, 나는…… 오늘 꽤 늦었다고 생각하는데……. 미, 미안해……. 걷는 게…… 긴장돼서 시간이 걸렸어……."

하루사메는 그렇게 말하며 다시 자신의 양손을 주체하지 못하는 듯 쥐었다. 그런 하루사메의 모습을 보며 나는 대답했다.

"응, 아니야. 혹시 몰라서. 어쩌면 오늘은 **혼자**일지도 모른다고 생각했거든."

나는 그렇게 말하며 하루사메의 옆으로 시선을 보냈다. 그곳에는 늘 함께 있을 터인 아짱의 모습은 없었다.

지금 하루사메의 옆에는 평소 데리고 다니는 아짱은 없었다.

오늘의 하루사메는 혼자 집을 나서 혼자 여기까지 걸어왔다. 하루사메에게는 오랜만에 혼자 걷는 길이었다. 그래서 시간이 걸렸으리라.

"왜, 왜 그렇게 생각해……? 따, 딱히 상관없잖아! 마침 우연히…… 오, 오늘만……! 그래, 오늘만이야! 혼자인 건……. 그…… 그 덕분에…… 조금씩…… 익숙해…… 졌……고…… 오늘 정도는 괜찮겠다…… 싶어서……."

마지막엔 꺼질 듯한 목소리였다. 내게 들려준다기보다 자기 자신에게 되뇌는 듯한 말.

──그 덕분에 익숙해졌다.

아마 하루사메는 지금 그 크리스마스 선물을 떠올리고

있을 것이다. 우리가 그날 밤 하루사메에게 준 선물을.

우리가 하루사메에게 준 선물…… 그것은 탁상용 액자였다.

하루사메를 위해 산타가 되기로 한 우리는 이야기를 나누며 하루사메가 젊은 사람에게 익숙하지 않다면 사진으로 익숙해지도록 탁상용 액자를 선물하기로 한 것이다.

그리고 그 작전을 결행하기 며칠 전. 나는 때마침 생각난 체하며 한 장의 사진을 건넸다. 수족관에서 돌아오는 길에 우연히 내가 찍은 셋이서 들뜬 모습의 사진이었다.

따라서 지금 하루사메의 그 액자 속에는 분명 수족관에서 즐겁게 들뜬 세 명의 모습이 담겨 있을 것이다. 그것을 실컷 보고 익숙해졌……는지 어떤지는 모르겠다. 수족관에서 노력한 카미야마를 다시 생각했는지도 모른다. 대화부 모두와 착한 일을 많이 해서 자신감이 붙었는지도 모른다.

사실은 무엇인지 모르지만, 하루사메 나름대로 생각하는 게 있었던 것은 확실하리라. 그래서 이렇게 혼자 여기까지 와본 것일 테지.

평소에는 아짱 씨와 잡고 있던 손을 주체하지 못하는 하루사메에게 나는 대답했다.

"그래, 나는 딱히 네가 혼자든 둘이든 다 좋지만."

"그, 그래……? 그럼 다음에는 아짱과 킷코와…… 그리고 웃키도 데리고——."

"내가 잘못했어. 둘까지로 해줘! 부탁이야! 그…… 그보다 오늘은 네게 줄 게 있어."

나는 호주머니에서 작은 포장을 꺼내어 하루사메의 손 위에 툭 얹었다. 양과자점에서 흔히 볼 수 있는, 안에 과자를 넣고 싼 선물용의 세련되고 작은 포장이었다.

"……이게 뭐야……? 서, 설마 네가 주는 선물……? 뭐…… 뭐뭐뭐뭐뭐뭘까!"

하루사메는 시선을 좌우로 헤매며 당황했다.

나는 황급히 정정했다.

"아니, 아니야. 그건 학교에 익명으로 우리에게 보낸 거래."

"뭐야, 아니야……? 그런데 우리에게? 우리라면…… 대화부 말이야?"

"응, 종업식 날엔 클럽활동이 없었잖아? 너희는 먼저 집에 갔지만, 그날 방과 후에 담임선생님이 부르시더라. 우리가 거리에서 선행을 베풀었다며 감사 편지와 함께 그게 들어 있었대. 내가 대표로 받았으니 오늘 이렇게 전해 주러 다니고 있어. 카미야마와 아라이에게는 이미 줬으니 그건 네 거야."

분명 거리에 나가서 활동했을 때 도움을 줬던 누군가일 것이다. 그 누군가가 우리에게 감사를 느껴서 교복을 근거로 학교를 알아내어 이렇게 보답한 것이다.

"그렇구나……. 일부러 와줘서 고마워……. 하, 하지만 용케 우리인 줄 알았네……. 어떻게 알았을까……?"

하루사메는 손바닥 위의 작은 포장을 보며 생각에 잠겼다.

아니…… 종이봉투를 쓴 키 큰 여자애와 애니메이션 그림 등신대 패널을 데리고 다니는 여자애가 있었다고 학교 측에 말하면 우리밖에 없잖아……. 달리 있으면 그건 그것대로 무섭다…….

일단 이것으로 오늘의 목적도 끝났다.

"그럼 볼일도 끝났으니 나는 갈게. 너야말로 일부러 고마워. 여기까지 나와줘서."

그렇게 말하고 돌아가려는 내 옷자락을 하루사메가 잡았다.

"……기……."

하루사메는 옷자락을 잡은 채 얼굴을 숙이고 살며시 떨고 있었다.

"……기, 기다려. 기, 기, 기껏 여기까지 불러내 놓고 이, 이게 끝이야……? 저기…… 나, 나, 나는 아직…… 아주 잠깐이라면…… 시, 시간이…… 있는데……?"

하루사메의 말대로 기껏 나오라고 해놓고 바로 헤어지는 것도 매정하기는 하다. 이대로 집에 가도 딱히 할 일도 없고.

"그래, 나도 딱히 할 일도 없으니…… 어디 가서 차라도 마실까?"

내가 그렇게 말하자 하루사메는 숙였던 얼굴을 들고 쑥스러운 듯 미소 지었다.

"그럼…… 어딜 갈까? 이 근처 가게는 잘 모르는데……. 적당히 걷다 보면 뭐가 나오겠지. 그럼 가자."

그렇게 말하고 걸어가려는데 하루사메는 갑자기 큰소리를 냈다.

"기, 기, 기다려, 코미나토! 저…… 저기…… 그게 말이야……. 나 오늘 마침 여기까지 혼자 왔어……. 오늘만이야……."

"응, 보면 알아."

"그러니까…… 그…… 오늘만 마침 아짱과 손을 잡고 있지 않아……."

"응, 그것도 보면 알아."

무슨 말이 하고 싶은 걸까?

내가 한동안 생각에 잠기자 하루사메는 지금까지 본 모습 중에서 제일 얼굴을 새빨갛게 물들이고 부끄러운 듯 아래를 보며 짧은 치마의 끝자락을 꽉 쥐었다.

"그…… 그러니까, 아직 확실히 익숙해질 때까지는…… 손…… 누군가와 잡고 싶은데……. 오…… 오늘만……."

그렇게 말하더니 치마를 쥐고 있던 양손을 떼고 몸 앞에서 손끝을 붙였다 떼길 반복했다.

무슨 소리를 하나 했더니…….

하지만 뭐——.

하루사메에게는 오랜만에 진정한 의미로 혼자 하는 외출이었다. 여기까지 오는 것도 꽤 긴장되었으리라. 이것만도 분명 하루사메에게는 진보……라고 생각한다.

그렇다면. 노력한 보상으로 손 정도는…… 하고 오른손을 내밀려는 순간.

"아…… 안 돼……? 나, 나, 나도 노력하고 있으니까……! 그, 그, 그렇다면…… 이…… 이건……? 어때……?"

하루사메는 그렇게 말하더니 왼손으로 앞머리를 쓸어올려 이마를 내게 보여주었다.

"가, 갑자기 뭐야……? 이마가 왜?"

얼굴 한가득 부끄러운 기색을 보이며 눈을 올려 뜨고 내 눈을 빤히 바라보는 하루사메.

"이, 이, 이거라면…… 어때……? 자, 봐……! 보라고! 보라니까!"

"알았으니까 좀 진정해……. 뭐 하는 거야?"

"나, 나, 나도 몰라! 어떻게 하면 좋아. 어떻게 좀 해! 봐! 볼 수 있어! 나라면 보여줄 수 있어!"

"그러니까 뭘 보여줄——."

뭘 보여줄 수 있다는 거냐고 묻다가 깨달았다.

『나라면 얼굴을 다 보여줄 수 있어.』

하루사메는 그렇게 말하고 싶은 게 아닐까?

뭘 경쟁하는 거야, 정말……

왼손으로 앞머리를 쓸어올리고 오른손으로 치맛자락을 꽉 쥔 채 당장이라도 창피해서 어떻게 될 것 같은 모습의 하루사메. 온몸으로 부끄럽다고 외치는 것 같았다.

엉뚱하기도 하지만, 이것이 정말로 최선일 것이다.

그런 모습이 너무나도 하루사메다워서 나는 나도 모르게 이렇게 말했다.

"오늘만이야……. 자."

하루사메 쪽으로 손을 뻗자 하루사메는 내 손을 꼭 잡았다.

한겨울의 차가운 공기 속에서 하루사메의 체온이 손바닥 너머로 전해졌다.

오늘만 마침 아짱 씨와 손을 잡지 않았으니 어쩔 수 없다. 하루사메가 적응하기 위한 일환이라고 생각하면 이 정도야 뭐.

나는 하루사메의 손을 잡으며 12월의 거리로 걸어갔다.

가는 도중. 하루사메는 아까 내가 준 작은 포장을 바라보며 중얼거렸다.

"이런 걸 전해주다니…… 어쩐지 기쁘네. 크리스마스 선물을 하나 더 받은 것 같아…….”

“그러게. 어쩌면 거리에서 우리가 착한 일을 한 사람 중에 진짜 산타가 있었을지도 모르지.”

그러자 하루사메는 무언가가 떠오른 듯한 동작으로 내 얼굴을 올려다보았다.

“……그래! 코미나토에게 좋은 걸 가르쳐줄게. 이건 아무도 모르는 정보야…….”

하루사메는 나를 올려다보더니 마치 어린아이처럼 불안 따위는 전혀 없는 듯 순수한 눈동자로 웃었다.

“네게만…… 트, 특별하니까……. 저…… 저기…… 진짜 산타클로스는…… 팔이 네 개야!”

나는 처음 듣는 대형 뉴스에 가슴을 두근대며 하루사메와 둘이서 거리를 걸었다.

사람들이 바삐 오가는 12월의 북적이는 거리. 차가운 공기. 따뜻한 손바닥.

이런 연말도 나쁘지 않네. 아마도.

작가 후기를 대신해서

"그나저나…… 그 아이들은 뭐였지……?"

밤이 다가와 인적이 드문 공원에서 풍채 좋은 할아버지가 하늘을 올려다보고 있었다.

입가의 새하얗고 멋진 수염이 차가운 겨울바람에 흔들렸다.

"그 녀석과 만나기로 한 시간에 늦을 것 같아 서두르는데 갑자기 말을 걸어줘서……. 고마웠지만…… 하지만 어떻게 그 아이는 이 봉투를 들었을까……?"

할아버지의 발밑에는 아주 크고 수염과 비슷할 정도로 새하얀 봉투가 하나 있었다.

할아버지는 발밑의 봉투에 손을 대고 들어 올렸다.

무언가가 가득 들어 있어서 보기만 해도 무거운 봉투를 천천히 들었다.

"역시 이렇게 무거워……. 평범한 인간은…… 심지어 여자애는 도저히 들 수 없는 무게인데 그 아이는…… 그렇게 가뿐히…….게다가――."

할아버지는 아까 만난 네 젊은이의 모습을 떠올렸다.

"――왜 그 아이는 종이봉투를 쓰고 있었을까……? 애니메이션 패널을 데리고 다니던 아이와, 계속 웃고 있지만 어쩐지 위압

이 대단한 아이도 있었고……. 남자애만은 평범해 보였지만, 그 아이도 어딘가 특이한 면이 있을까……?"

할아버지의 입가에서 새어 나온 하얀 입김이 잿빛 하늘로 올라 갔다.

"……뭐, 사소한 건 됐어……. 어차피 오늘은 크리스마스이브야. 그 아이들 덕분에 약속 시간에 늦지 않았고, 올해 배달도 잘 해결 될 것 같아."

할아버지는 다정한 미소와 함께 중얼거린 뒤 다시 한번 하늘을 올려다보았다.

그러자 시선 끝. 머나먼 하늘에 주인 없는 썰매와 커다란 동물 이 보였다.

"어~이, 여기야, 여기……. 오오, 추워라……. 보아하니 오늘 밤엔 눈이 내리려나?"

할아버지는 육중한 몸을 부르르 떨며 하늘을 나는 썰매를 향해 손을 흔들었다.

하늘을 나는 썰매가 다가와 주위에 희미한 종소리가 울려 퍼 졌다.

"그럼…… 올해 배달이 끝나면 그 아이들에게 감사를 표해야 겠군. 조금 특이하기는 했지만, 착한 아이들이었으니 무슨 장난 감이라도…… 줄 나이는 아니었나? 수상하게 여기지 않을 법한 뭔가를 생각해 둬야겠군. ……저런, 올해는 일이 하나 늘었어."

할아버지는 기쁜 듯 눈을 가늘게 뜨며 호주머니에서 가장자리에 하얗고 복슬복슬한 털이 달린 새빨간 모자를 꺼내더니 천천히 머리에 썼다.

그리하여 진짜 작가 후기입니다.

2권에서도 여러모로 신세를 진 편집자 K님.
또다시 멋진 일러스트를 제공해주신 neropaso 님.
이 책과 관련된 관계자 여러분.

그리고 이 책을 구매해주신 당신께.

진심으로 감사드립니다.
또 뵙게 될 날을 기대합니다. 안녕히 계세요!

에노시마 아비스

KAMIYAMA SAN NO KAMIBUKURO NO NAKA NIHA 2
©Abyss Enoshima
Originally published in Japan in 2021 by HOBBY JAPAN CO., Ltd.
Korean translation rights ©2021 by Somy Media, Inc.

카미야마의 종이봉투 속에는 2

2021년 9월 15일 1판 1쇄 발행

저　　　자	에노시마 아비스
일 러 스 트	neropaso
옮 긴 이	조민경
발 행 인	유재옥
본 부 장	조병권
편 집 1 팀	박서연 이준환
편 집 2 팀	박치우 정영길 조찬희 조현진
편 집 3 팀	곽혜민 오준영 이해빈
라이츠담당	이다정 한주원
디 지 털	김지연 박상섭 이성호 최서윤
미　　　술	김보라 서정원
발 행 처	㈜소미미디어
인쇄제작처	코리아피엔피
등　　　록	제2015-000008호
주　　　소	서울시 마포구 토정로222, 403호 (신수동, 한국출판콘텐츠센터)
판　　　매	㈜소미미디어
마 케 팅	최정연 한민지
전　　　화	(02)567-3388, Fax (02)322-7665

ISBN 979-11-384-0233-0 04830
ISBN 979-11-6611-992-7 (세트)